本色文丛 · 于晓明　主编

丹青寄语

崔自默／著

海天出版社（中国·深圳）

图书在版编目（CIP）数据

丹青寄语 / 崔自默著. — 深圳 : 海天出版社,
2014.11

（本色文丛）
ISBN 978-7-5507-1046-7

Ⅰ.①丹… Ⅱ.①崔… Ⅲ.①日记—作品集—中国—
当代 Ⅳ.①I267.5

中国版本图书馆CIP数据核字(2014)第071627号

丹青寄语
DANQING JIYU

深圳出版发行集团
海 天 出 版 社

出 品 人　陈新亮
策 划 编 辑　于志斌
责 任 编 辑　陈　嫣
责 任 技 编　蔡梅琴
装 帧 设 计　王　璇
书 名 题 签　嵇贾孜

出版发行　海天出版社
地　　址　深圳市彩田南路海天综合大厦（518033）
网　　址　www.htph.com.cn
订购电话　0755-83460293（批发）　83460397（邮购）
设计制作　深圳市龙墨文化传播有限公司（0755-83461000）
印　　刷　深圳市新联美术印刷有限公司
开　　本　787mm×1092mm　1/32
印　　张　6.625
字　　数　120千
版　　次　2014年11月第1版
印　　次　2014年11月第1次
定　　价　35.00元

　　崔自默,理工科学士、硕士,艺术史学博士。2012年荣获联合国教科文民间艺术国际组织"文化艺术特别成就奖",同年成立"崔自默民间艺术研究与发展基金"、"崔自默跨国艺术工作室"。被聘"中国残奥会爱心大使"、"北京市慈善基金会形象大使"、"北京旅游文化使者"、"2012(伦敦)奥林匹克美术大会艺术指导委员会主任委员"、"IOV中国形象大使"等。主张"艺术之精神,科学之思想","三新主义",当代"新国学"运动主要倡导者与践行者。发明"默纸",倡导"慢步主义"(Sysism)。艺术创作包括书法、篆刻、国画、油画、瓷器、雕塑、装置、漫画、摄影以及寓言、诗歌、散文、随笔等。艺术作品名列"中国当代国画艺术家个人价格指数排行榜"第一名,开启中国画价格的"平方寸时代"。主要著作有《为道日损》、《章草艺术》、《艺文十说》、《莲界》、《得过且过集》、《心鉴》、《心裁》、《视觉场》、《我非我集》、《八大山人全集》、《花有花期》、《默语默画》、《默禅》、《世界名画家:崔自默》、《我们是一群智慧的鱼》等。拥有国内个人最大的艺术类门户网站"崔自默文化网"(www.cuizimo.com)。现为国防大学美术书法研究院院长、中国书画协会主席、文化部中国艺术研究院专职创作员。

序

◎崔自默

　　日记，究竟有多大用，到今天我还是没太弄清楚。不过，其中一大作用对于我来说，便是促进思考，并把这些曾经的碎片攒集起来，以备不时之需。

　　至于"不时之需"则因人而异。我曾问过一个写了多年日记的朋友，它到底有什么用？他说好玩，还有就是假如有人捣乱，你可以在法庭上出示日记，清清楚楚地说出哪天在哪干些什么、哪些人在一起，瞎说可不行。

　　多年积累下来的日记，即便琐碎，却总可以帮助回忆。很多考据家根据前人一些笔记来探寻不易察觉的细节，挖掘出历史有用的线索。

　　懒惰并找到恰当理由继续懒惰，是人之常情。我曾经下决心做笔记，多少年也没实现。直到2001年下半年，受一个搞掌故考据学的好友怂恿，我开始做起日记来。本以为可以记录一些有点意思的事情，但回头翻阅时却总是失望，觉今是而昨非。还有一个难受的细节是，忙碌了一天到深夜，强打精神做当天日记，或者几天后再回忆着补上，如履行什么不情愿的义务，十分扫兴。于是到2004年下半年，我的日记再次罢手。不记也吧，任何事情一旦认真，就累了。

　　忽然有一天，是甲申腊八前二日（2005年1月15日），看到《汪悔翁乙丙日记》，是清人汪士铎1855~1856在绩溪期间的日记，里面有点内容被罗尔纲先生视为研究太平天国历史的重要文献，于是，我竟又陡生妄想：从现在起坚持一年，刻意记述一些东西，也刻意安排一些环节，如此这般，也许是自我警策的好方法。假如能坚持一年，或许会养成一个好习惯；即便明知它没甚用处，也"慎独"一次。于是，这"宏伟计划"以一年计，坚持干一件哪怕没意义的事也难能可贵。什么是意义呢？

　　真的，历时一年，随时记录，的确不容易。似乎有益处的是，待回头总结经验时忽然察觉，某时某地某人，恰如其分，对前后整个发展至关紧要。同时也从侧面明白，哪些人和事是纯粹耽误工夫。

　　日记中所录当然有言不尽意处，见微知著，好事者不妨揣摩个中消息。

2014年7月12日

目录
Contents

二〇〇五年七月

7月1日　星期五　云

　　人生有很多很重要很严肃的课程，是在课堂外学的，不在书本上。"你没意见？""没有。""没有意见？就是有意见。""在乎"与"在乎在乎"是不一样的。很多事情前赶后错，自有背后原委，你催之反而促之不成，事之成败，有其定数。

　　11：15与庄则栋先生通话，约晚上华宝斋见面。谈其书法"胜之不武，让之有德"及"逆境炼人，宠辱不惊"，乃当年周恩来总理在给他的信上签发的关于乒乓外交比赛的意见。不战而屈人之兵，是"不武"的一层意思，而不以己之长攻人之短，则是更高的意思；帮助人发展，更可看作是"让"与"德"的高境界。13：30回办公室。昨日《人民政协报·春秋周刊》B3版发《我所认识的陈省身先生》一文。去年10月逢陈省身先生93周岁寿辰，国际小行星联合会小行星中心向世界公布，将中国国家天文台发现的永久编号为1998CS2号小行星命名为"陈省身星"，以表彰陈先生的卓越成就和杰出贡献。

　　14：30作家老村自中国工人出版社来，赠其新著《吾命如此》，签字一如以前，是"高人自默雅正"。15：00读书家葛世全寄来之《青少年书法报》，在6月28日总第972期第2版转发范曾先生为余《为道日损》写的序言以及我的《跋》。19：55到北京电影学院接作家梁晓声先生，20：15到华宝斋。庄则栋先生已在。庄先生眉毛甚浓密，常人远不及，他说周总理的浓眉毛更好。20：30崔如琢、王小京到。20：40尹小林、王晓冰到。21：30李文子与央视主持董浩到。董浩讲当年去梁晓声家，还没有洗衣机，用洗衣板。22：00谈朗诵艺术，董浩当即朗诵我《为道日损》之跋语，短短篇幅，抑扬顿挫，一念而有深度长度。庄则栋谈当年与毛泽东的握手，自己的手好像一下子穿进大棉手套。22：50董浩挥毫，为余书"观远"二字，并书梁晓声先生为余作嵌名联："崔郎怀才溢自默；常遣笔端润友人。"

因法变化，故以法名之。法之上者，乃称其道。"宁入饿鬼道，不参野狐禅。"书法可以有鬼气、奇气、怪味，但不能有邪气、俗气、酸味。工夫下到，倘无才情，不能进步。现有基础，加以变革、重组，可以完善。音乐在于节奏与音量，书法亦需有笔墨之节奏感，所谓"沉着痛快"也。一味沉着为僵死而无筋骨生气，一味痛快为浮躁而无血脉精神。棉花、苹果之类，空长个子，虽枝叶茂盛而不开花结果，何以故？劲力不到位，精神不得体也，需要"剪枝"。

范曾先生曾为我作过两幅嵌名联，曰："黄钟自默；瓦缶徒鸣"（写在于2001年济南索菲特大酒店举行的作品欣赏茶会展览作品专集《历下清赏》的书扉上）；"举世滔滔能自默；当朝济济仰同和"。

宽待别人，更需要宽待自己。孔夫子崇尚的"不迁怒，不贰过"，就是如此，"不迁怒"是对他人，"不贰过"便是对自己，这样能称得上厚道。

7月3日 星期日 晴云

2、5、26这个数列之后的第四个数字是什么？如果答是677，是聪明人；如果答不能确定，也许起初被认作智商不高的人，但实际上，有很多种可能的答案，第四个数字真的难以确定。——可见，原来被认作糊涂或者傻子的人，也许是本质上的智者；那些所谓的聪明人，也是浅层次的。大智若愚，自此找出一证据。

真傻与装傻的区别：真傻不知而言；装傻知而不言。我崇尚文化，也崇尚崇尚文化之人。天降雨滴，总在洗车之后，比天气预报灵验。"不经常做"，与"经常不做"，旨趣大殊。光明与黑暗，总是并存的，它们的矛盾，是运动的力量，共同推动历史的前进。好的电视剧，不是仅仅靠离奇的情节来吸引人，更是靠高超的艺术性来打动人。——衡量电视剧的水准高低，就是看它能否经得起反复的观看；不想看两遍乃至多遍的电视剧，一定不是什么太高级的东西。

7月4日　星期一　晴云

昨夜一梦，山高月小，水落石出。8：40下楼，电梯灯坏，黑而入，了无恐惧。

14：03黄学礼来，示夏荆山先生题名之孙晓峰居士微书佛经集。14：20军艺作家黄恩鹏来，带第2期《军艺学报》来。12：25步斯芬在线，说请芙蓉姐姐之事不可行，虽然有新闻效果，但人言可畏。

"这我掉价？""你有价么？"这句对话虽然有些生辣，但很实际、有力。无趣味，与低级趣味是一样的。一高兴一百年就过去了，一高兴十年就过去了，一高兴一年就过去了，一高兴一天就过去了，一高兴一小时就过去了，所以，要有长度，也要有密度。

7月5日　星期二　晴

$\infty + \infty = \infty$。无限大+无限大=无限大。欧几里德《几何原本》指出：对于"无限集合"，整体不见得大于部分；加法交换律也不再成立。德国数学家康托尔（1845—1918）的"无穷集合论"研究，很重要。"一一对应原理"，是具体而微，可以用来研究"鸡与蛋的问题"——"先有鸡还是先有蛋？""你说的是哪只鸡，哪只蛋？"

有限之中的法则，不适用于无限之中。很多东西，比如数学原理，其始使人头大，但掌握它，是使你的脑袋不再继续大下去的药剂。

什么都靠别人，弄不好；什么都靠自己，弄不大。打工的都想当老板，当老板的都想要塌实的员工。打不好工，也当不好老板；当得好老板，就一定有打工的精神。事非，身立不直，难。

10：30神笔画业左斌来谈发展事，是左晋的弟弟，把上海电影艺术学院的资料给他，11：00去。15：00步斯芬在线，论道。"请抛皮布袋，去坐肉蒲团。须及生时悔，休嗟已盖棺。"这是署名笠翁李渔（1611—1680）《肉蒲团》一书中括苍山头陀孤峰正一的一首五言四句的偈语。俗口讲经，直如痴人说梦。大凡经忏上的言语，除非见性明心者难能解出。人生一世，忽然而已，易去者光阴，难过者劫数。个人形体所可占有者为有限时间与空间，而最难具备者为资质实验。不知生，焉知死。势欲做真名士者，须读尽天下异书、交尽天下奇士、游尽天下名山，然后退藏一室，著书立言，期乎传于后世，然终为一梦，究竟何益哉？"人间私语，天闻若雷"，凡人若未央生者，听之已然目瞪口呆，遑论印证矣。女色如药，养人亦害人，宜长服不宜多服，可当药不可当饭。"长服有阴阳交济之功，多服有水火相克之敝。当药则有宽中解郁之乐，当饭则有伤筋耗血之忧。"故知疏密有度，中庸之道在焉。"风流汗少而恐惧汗多，儿女情长而英雄气短。"此非惟小说家言，亦经亦史也。

批评与挑剔，有时难以明确区分。批评，其实不只是一个抽象的判断，而是一种"反应"，在复杂而活跃的社会关系与具体的情境脉络里，这种判断反应——"不管它是正面或负面的——是一个明确的实践（practice）"，Raymond Williams（[英]雷蒙·威廉斯）在其 *Keywords：a vocabulary of culture and society*（《关键词：文化与社会的词汇》）里有是说，可谓内行。实践，是一个非常大的概念，就像运动、行为、文化和艺术等一样。

面对茫茫大海、滔滔江河、滚滚红尘，会使人意识到自己是一滴水而已，渺小而易干枯。——也由此，必须明白抱一与守一的必要性与重要性。知道有海，也许不是坏事。矮子病，也可怕。只行动，不动口，亦非君子乎？

16：00整理旧文。读军艺学报。18：20到农业大学。赵汉杰、袁惠珠、高杰、朱顺国、乔占祥、冯光勇、刘义涛在。高中时，与赵汉杰在辛集城里去喝平生第一瓶啤酒。20年前今日，临高考还有两天，大家正在安静地等待"上阵"。19：40与班主任李振祥老师通话，大家轮流问候。谈高中母校。现在也竞争激烈，高中之间争生源，考不上辛中，县中学也不录取，苦了考生。现在的老师上课外辅导课特显水平，因为那是收钱的。校园硬件好，但师资与校风都不及，升学率自然不如意。美国人不怎么玩游戏，但喜欢爬山，而我们玩的正热，夫妻分手要积分不要房子。

很多东西，我们不懂，何况实践？因为社会的传统的道德的观念而拒绝，与缘由于自己的本能的拒绝，是不同的。孟子所谓"人之所异于禽兽者几希"，大抵可以作此一注脚。边哭边叫，境界啊。边哭边下线，有二难之妙趣，亦生面别开。坚持，是一种品格。随缘，是一种智慧。忘却，是一种修养。痛快，是一种豁达。理解，是一种道德。精神生活的丰富，是一个人是否高尚与崇高的指标。

0：30回黄寺。路上开车多无事生非者，乃是不知宽容、宽让，不能设身处地对待他人，工作不如意、心态亦大不平衡之故。

觉——知——识——见——解——决——定——命——性，因缘循环。

7月6日　星期三　云

昨夜剧场梦石木，木宵在近远石徐。晓言说和含混意，不知所之即结束。气质神明，足以令人望峰息心。高贵，只对于高贵者而言。极高贵时，能与之抗衡者，也许竟然是卑劣。芙蕖出淤泥而不染，其所以如此，是因为有了淤泥的营养。芙蕖插于清涟，萎靡而已。

12：50回办公室。收到《人民政协报》怀念陈省身先生一文，我与陈省身和杨振宁合影中穿的正是今天所着黄色T衫，眨眼一度春秋了。14：50得书协吴震启信息示《戏诗赠君消暑》一首云："气温何故屡攀高，直教苍生无计逃。我劝天公真济世，炎凉太甚可重调。"乃和之云："当逢盛暑气温高，我驻清风不必逃。晓得炎凉难化解，还从顺性去和调。" 15：00MSN忽然掉线。便捷之物，失之最易茫然。16：40传《意思说》文件给中伟，他出一上联，说是一个小姑娘随口说出来的，是"说一句，错一句，不如不说"。余去厕所，忽然对得，曰："看千山，忘千山，难道难看？"上联"说"和"一"字是入声，下联"看"与"忘"均作平声；"一"是数字，对以"千"字也是数词；"不如"对"难道"，"说"对"看"。如此，上联是消极、被动之意；下联转换思维，用积极、主动之意，对得上，意思还要进一步、深一层，不能过近而合掌、无趣。

对联不容易，需要妙手偶得，浑然天成。大凡在一个领域有独到成就的大师们，其共同点就是：他们没有更多的共同点。很多事情不能积累，像灰尘，日久而无收拾之兴趣。当然，很多东西不见得有用处，"收拾"，也是一个清醒思路和条理情绪的过程。

白与白和谐，黑与黑和谐，而白与黑是更高级的和谐，是在矛盾中对立而并存的和谐。

18：45关机离办公室。过大熊猫环岛，一小车，内有漂亮的着红衣女，一副悠闲、满脸快乐地正与副驾驶坐人说话，我们缺少这样可爱的驾驶员，我们讨厌道路上莫名其妙地并线、超车、抢道、生气、骂人的司机，搞得大家都紧张，却不见得有什么要紧事要办。道路是大家的，就你一个人走你就高兴了？

人之缘分，常与距离远近有关；然则兴趣之所为，却不在乎远近也。"远亲不如近邻"与"穷在闹市无人问，富在深山有远亲"，正言此"远近"之道。

写荷花、山水。23：00休。

7月7日　星期四　阴

昨夜梦登塔，至顶而险，遇佳木，紫檀也。方梦方醒，前贤所云不知梦幻之为现实抑或现实之为梦幻，实痴语也。梦幻必为梦幻，因为：一，梦境不能连续，醒后即止，复做亦不能继续之；二，梦境所见，每每颠倒时空，错杂人物，了无秩序。现实必为现实：一，连续不可否认、不可躲避，即便醉酒，但愿如梦，待醒来必须重新面对；二，时间、空间、人物、事情井然有序，一一推进。

中国古代有大数的记数法，载=10^{4096}，正=10^{2048}，涧=10^{1024}，沟=10^{512}，古印度关于大数的记数法，被用于佛学中，佛经中有"百千万亿不可思不可议不可量不可说无量阿僧祇世界"（《地藏菩萨本愿经·分身集会品》），其中，不可思=10^{212992}，不可议=10^{851968}，不可量=$10^{3407872}$，不可说=$10^{13631488}$，无量=10^{208}，阿僧祇=10^{52}，而佛说的"不可说不可说"，也有具体数字，不可说不可说=$10^{54525952}$。比喻数字无法衡量之巨大的"恒河沙数"，多的像恒河沙子的数字，但也是能数清楚的，虽然它大得不可思议。

大相对于小为大，大相对于更大则为小。在此集合中总和为单数，在更大的集合中总和却可能为双数。故知总数单双之道，亦为相对，若跳出其圈囿拘束，然后自在。

13：20到画报社一坐。喻静为浙江衢州人，家离城门楼特近，那里是一个历史文化名城，有山有水，而我的老家河北深泽无山无水，平原小村，没有一处历史文化景观，我颇羡慕之。16：00去人事处，遇骆芃芃，来办公室坐，与侯军通话。19：00出发，19：30到华宝斋，是日为"国学巨匠启功先生追思会"，来者有李铎、黄宏、桂晓风、王志远、陈丹、张志和、吴震起、罗杨、张瑞龄、雒三桂、刘墨、许宏泉、唐朝轶、李萌、王万慧、王卫华、李洪安、宗少山、庄默石、王红卫、姚文等朋友来，龚一、姜嘉锵等演奏演出。我第一个讲话。

我与启功先生有几面之缘，也通过电话。"启功病重，无力酬应；有事留言，君子自重。"这是多年前在北京师范大学红六楼启功先生住所门前就有的"免战牌"。我找先生并能见到先生一共三次，第一次仅仅半分钟，敲门开门，是先生，问有没有事，我说没事只是想看看先生，他拉灯问看清楚了么，我说是，就彼此道再见了，幽默如此。第二次去，他正为白洋淀的老八路干部题写"烽火诗集"，听先生聊天，很幽默，说喝凉水可以多钓鱼，还提到一个画家求他题字的事，谈到沈尹默、谢无量、弘一、丰子恺，我接话都很适时、正确，可能他觉得孺子可教，竟然扯纸写字，"山川重复争供眼；风雨纵横乱入楼"，说是写给我的。我当时喜出望外。这张字落款是"子默同志正腕"，我因为用"自默"，后来这张字就给朋友了。第三次是与西安书法艺术博物馆的魏杰一起去，魏杰要去日本办展览，想请先生题字，我们上去，直接说明目的，先生没怎么拒绝，就写了，进去出来也就三分钟。

我在中国工人出版社时，编辑室主任是摄影家步铁力，他说去启功先生处送书，想拍一张照片，老先生把书顶在脑袋上，说拍吧，老步也就真那么拍了，有意思。启功先生的幽默与诙谐是有名的，那是一种智慧与达观，以此来面对日常复杂而冗烦的人际关系。启功先生的学问是浑沦而圆融的，把文学、史学、哲学、艺术、训诂、音韵等诸多方面的学问化合在一起的，可谓大方无隅。启功先生的艺术是雅俗共赏的，那是一个不容易达到的境界，比如他的书法，很多人都喜欢。他的黄金分割体，造型美观，用笔大气，轻重由度，节奏感强。"启功体"风格的形成，其实也是在很多古代法帖和名人墨迹的基础上，渐渐形成了一种属于自己而又为广大群众喜闻乐见的样式的。假字泛滥，在某种程度上说明启功书法的大众化，很多人以临摹和出售"启功体书法"为业，又有很多人以收藏"启功体书法"为乐，在一定意义上说，他的书法已经成为一个符号。

与各种人交往，完全摆脱没有意义的事情不可能，如何把浪费时间的比例压缩到最小，不仅需要适当的方法，更需要良好的机缘。

7月8日　星期五　阴

癩蛤蟆未必觉得天鹅好，因为"道不同，不相为谋"也。可恶之人，不与之争则为之害，与之争则生命变得无意义，必须绕开。真干事的人少，有资本有条件真干事的人就更少。

13：00刘静来坐。13：30读《人民日报》，2005年7月6日第11版有"南开大学半数博士生延期毕业"的消息，有做秀之嫌，何必非得要"延期"不可？如此虽然获得了个好名声，但无形中牺牲了很多毕业生的实际利益。严格要求是好事，但学校应该实事求是，提前对毕业生做要求，以准时毕业为目的。招生数量越来越多，有那么多高水准的研究生导师么？要求发表在SCI和EI索引源刊物上，但是这些刊物又为数不多，凭职称等等也要求占这些地面，于是竞争激烈，走后门、找编辑、掏版面费等学术腐败现象自然难免，再者说，能发表出文章的学生就一定够毕业的水平么？

16：20郑标来电，谈到9月辛集中学校庆之事，《中华文化画报》第6期有他写尚长荣的文章。21：30到东院理发。法国梧桐如盖。前年冬天大雪，竟压折树枝，不在此住已忽忽三载矣。23：20回黄寺，书画。

7月9日　星期六　阴

18：15到丽都饭店渝乡人家。李文子、彭丹等在。大家谈"女性主义"。

很多概念都是相对的，比如"自由"，没有绝对的自由。社会、历史和文化，很多是一个传统的概念，以习惯的形式存在，谁能打破这个"习惯"，就在大家的队伍中，向前走了一步，"脱颖而出"。女性的"脱"，也是一种独特而有效的形式。美而敢脱，是意料之中的，力量降低；丑而敢脱，则让人奇怪而容易惊人。离奇与出奇，一样。失序的东西，是丑的、不合理的，但一睹而令人惊骇，最容易被记忆，激起时尚的话题，但是不能留下来；美的东西，容易被个体暂时地忘记，但是，因为美具有永恒性，所以会留传下来，成为经典。

天才与病人，一墙之隔，是近邻。同样一个事件、文本，会有不同的解读方法，不到位或者过度，都是误解、误读。过度解释，是普遍现象。

7月10日　星期日　阴

14：30窗外雷声起、雨落。15：00看CCTV2《鉴宝》节目，其实"专家上场"的过场其实是一个不合理的设计，因为既然事先是鉴定好了，还准备了有关藏品的背景资料，那么再请专家上场做样子，就是多余的了。把钱和猜结合起来，"赌博心理"是此栏目成功的原因所在。很多矛盾的看法，存在是必然的，如何抉择，需要大胸襟、大气度，同时有大定数存在。21：50嫂子自美国来电，谈及哥哥在医院工作的情况。哪里都有复杂的情况存在和发生，波折积累经验。防人之心不可无。"丑人多做怪"，为了钱很多人是没有羞耻之心的，尤其是"丑人"（上不了台面的人）。

23：00休。窗外清风，雷声滚滚。"飒飒东风细雨来，芙蓉塘外有轻雷"，我忽然想起李商隐的这句诗。一说"听轻雷"，主观性大、有我，而"有轻雷"客观性大、无我。

7月11日 星期一 晴

热杯子不能隐藏在后面，否则不注意时会碰翻。想的清楚，才写的清楚。很多人因为不想写，所以也就不想。——当然，可以说写与不写最终意义相同，想与不想结果究竟相差无几，但，在起讫之间，在"过程"着的时候，总是有所差异吧。瞬间即永恒，在这个意义上，无数的有意思有意义有意味的瞬间，就是茫无际涯的时空；也就在把握这不可思议、不可量说的无数瞬间，拥获了永恒。

11：40赵春强来聊，12：10一起到食堂。遇贾德臣，再次谈到简平同志索要《中华文化画报》2004年第1期用到的王朝闻同志的照片及资料的事，本来是好事，我因为有机缘编辑22卷本860万字的《王朝闻集》而与王老有感情，结果阴差阳错，芝麻变西瓜，使我失去了对王朝闻先生美学思想继续研究下去的兴趣和缘分。16：00整理图片。19：30离办公室。20：30到政协礼堂华宝斋，蒋黎明、冯畅在聊。23：40散场。

是什么使你自信？是什么使你不自信？你自诩为司空见惯，那是因为见识寡陋。嫦娥易知，天鹅不易知也。你不相信其存在，只是因为你没有看到；或者说，你虽然也许曾经看到，只是没有感应而已。人也看我，我也看人；此人非彼人也（看下知上）。

7月12日　星期二　阴

　　10：15摄影大师武普敖来，带徐肖冰摄影的《毛泽东之路——画说毛泽东和他的战友》一书签名本。赠书《为道日损》给武普敖和侯德昌先生。18：00整理范曾先生画老子、花鸟及中外名人像上网。21：50回黄寺。读西安碑林博物馆陈根远兄寄来《收藏》杂志。0：00临古画，难得其古趣与雅致也。1：00休。

　　也许喝茶太多，昨夜似乎入眠不深。你不注意，所以就不如意。你不如意，是因为你太注意。人依靠理想，来挣脱现实的泥沼，实现生存的浪漫。男人的致命缺点是不喜欢女人，尤其是好看的女人——这是一句笑话。太幽雅了，就没意思了。

7月13日　星期三　阴

　　9：00到和敬公主府，参加"自然与人——第二届当代中国山水画·油画风景展学术研讨会"，梅墨生、吕品田学术主持，邹佩珠、李小可、龙瑞、邵大箴、郎绍君、水天中、何首巫、姜宝林、刘龙庭、赵卫、赵力忠、王东升、刘心亮、严长元、陈媛等在场。我发言说：今天来了很多行家，还有很多行家没有来。"自然与人"，是一个好的展览选题，因为它容易引发争论，也就容易有意思。同时，"自然与人"是一个大话题，关于这个话题需要引述很多书。批评，有"谈论"、"评说"等这一客观的文本的意义，也有"争论"、"挑剔"等主观的意思，但实际上，所有这些，都是社会行为的一个过程，一个实践(practice)。刘勰《文心雕龙》论及审美欣赏，有谓"圆照之象，务先博观"，就是要多看、多实践，才能使结论通透、全面，但怎样才叫"博"？人生百年，实践的时间一定很少。实践之树常青，理论是苍白的。理论，以理论之，什么是"理"？"理"是与"道"

一样难以言说的实在；因为说不清楚，才要说，才有"理"可说。艺术的实践和评论，必须触及形而上的存在，包括人生的不可知的东西，涉及命理之学，才有深度。很多东西不能假设，社会的存在和发生的条件在变化，过去的大师只能产生于过去，当代的大师只能存在于当代；能跨越时间的大师必然是少数。

14：00刘洪郡来，印刷厂送《从前》50册来。14：40回办公室，人民美术送《为道日损》书来。17：00在线。李培强也喜欢"烟视媚行"一词，是我在读张岱《陶庵梦忆》时记忆深刻的词。此词难以形容，只好以意会之。艺妓是文人墨客的梦乡。我在百度网搜"烟视媚行"一词，竟有35900篇网页涉及之，足见是语风情飘渺，英雄所用略同。《吕氏春秋·审应览·不屈》："人有新取妇者，妇至，宜安矜，烟视媚行。"该词入《现代汉语词典》，原意是微张着眼睛看、缓慢地行走，形容新婚妇举止腼腆而端庄娴淑的姿态，后转不知怎么就开始用来形容女子行为的狐媚而轻佻放荡。

靠山吃山，靠水吃水，靠人吃人。

我陈述两条网上说话时的规矩：一，随时可能中断，决不代表我的情绪和态度，很可能是掉线，或者有来人忙碌别的事情，一会儿还可能会回来，所以对方不要因此而影响情绪；二，因为所有语言都不能完全表现我的意思，所以必须具备"忘言得意"的基本本事，不要因为偶尔的随意的一两个词汇的选用不当，影响到彼此谈话的感受乃至继续的交流，过去的只能过去，必须往好处看，积极地看问题。

要用简单朴实的语言，来表现有深度的思想和观点，不弄故弄玄虚，是难的。有的人让你很快找到自信，有的人让你迅速失去自信，你喜欢哪一个？

因为不按照正常的路数下手，所以以往的所有经验和自信，顿然消逝。

事有定数。即便留下缺憾，还是美好的，莫可因为性急求全，获得可能的永久的遗憾甚至遗恨；何况，想象的美好，在实际中是难以真切感受的。由此，可见精神性的获得的重要性，提升精神性的经验和能力，是修养崇高境界的便捷之路；因为其难能，所以才可贵。高，难以攀爬，也最是风光无限之所在；要抵达之，需要耐力，坚持下去。理辩而后明——这是所谓的"理想实验"，其实在科学中比如物理中经常使用的方法，但在人文社会学科中不被重视，因为它只知道挑选非此即彼的感性的办法。这很有意思：以实验为主的科学，反而注重使用虚的方法，来"理想实验"，因为很多条件本来就是难以获得和实现的；而人文社会学科，本来就是虚的占主要成分，但偏偏羡慕真实的产生和获得。过犹不及，因为太知道虚无了，于是开始盲目地崇拜与相信真实，殊不知，所谓的可触摸的真实，也到底归于虚无。

想起弘一大师，风花雪月之后，遽然决然而遁入空门，丢家弃妻而弗顾，看似无情寡义，实乃大悲怀也。遇事随缘，因人各异其性，故不为所谓完美而勉强之焉。

7月14日　星期四　阴

15：50到天下"第一城"。与一同行者美国教师聊天，亦有喜收藏之意。荷花颇可观。此地建筑规模极大，需要宣传出去，才有收益。21：15回黄寺。作画。钓叟之意不在鱼，而在观荷也。荷者，和也。

梦有羊悦，馈园长以铜车马，环保型者，不知将验于何事。

一人喊于道，为精神病；二人闹于街，为流氓打架；三人以上，不管行为如何，即为群众运动。

7月15日　星期五　阴雨

不管多么烫手的东西，只要一放，等它全凉了，就好办了。才、学、识，与觉、知、识、见、解、决、定、命、性，是一个递进之程。热极生风，闷极生雨。

晨4：30醒，看大雨下。9：00到月福洗车，昨日行高速，很多飞虫奔灯光而来，死于非命。

"仁者见之谓之仁，智者见之谓之智"（《周易·系辞上》）。X＝A，X＝B，X＝C……由此可知：要么X有多解A、B、C……，要么即A＝B＝C＝……数学的抽象思维，严谨而自由，难以验证，但不能辩驳。"这样，数学可以定义为如此一种学科，我们既不知道它说的是什么，也不知道它所说的是真还是假。"（"Thus mathematics may be defined as the subject in which we never know what we are talking about, nor wether what we are saying is true."）罗素此言，需要辩证而切实的理解。数学思维的确需要抽象性、创造性，它拥有自由的空间，但是，因为其存在基础是逻辑，需要精密而可靠的推证，所以，即便当前不知道"它说的是什么"，也许它恰恰反映了自然的某种规律性，这种规律性正可沿着数学的推论来按图索骥地研究，因为正如伽利略所的"自然这一巨著是用数学符号写成的（"Nature's great book is written in mathematical system."）。那么，罗素所提出的不知道数学所说的"是真还是假"，就不应该理解为是对数学的批评，指责数学如痴人说梦、莫名其妙。

凭据很重要，留下凭据就很要紧。美国给"健康人"的定义：没有经过彻底的全身检查的人是健康人。（言下之意，谁都或多或少、或大或小地有点毛病。）"吃饱了"的定义：到了吃撑死的时候。"饱"与"不饱"是相对的概念，不具有绝对意义，它们都只是一种感觉而已。诗言志，有情为基本要求，至于道德、气格为最上，然诗非文章，需有美的形式，而格律为准绳。有好的内容，再有好的形式，结合一体，才是诗之上品。

20：10作家东方龙吟来聊。21：45回华宝斋，尹小林、黄学礼、陈丹、柴旭、苏志军与李文子、刘俐蕴、金锐、朱晓晶等在。与龙吟谈诗。看黄居士证，"经云"之云，误为繁体，则为云雨之云；又"皈依"误为"归依"、"昼夜"误为"书夜"，是皆今人不知繁简之道也。23：10离华宝斋，送谭晓令。画荷，0：30休。

坏事干尽与好事做绝，同样难能。"多行不义必自毙。"

7月16日　星期六　阴

15：30看凤凰卫视，有"文涛拍案"节目，揭露煤矿之黑暗。老窦拍案久矣，必定不经意之间影响其神情气态也。"把阑干拍遍"，其易乎？16：00看阳光卫视，叙述河南殷墟小屯甲骨发掘故事。武丁、妇好，甲骨上的文字竟然是真实的历史，地下还有多少历史需要挖掘出来？我们需要那么多历史么？18：00到吐鲁番餐厅，张建国生日，李嘉存、程茂全等在。

人多，都需要工作，于是设置很多部门以容纳，是自然之事，且各部门有自己之利益，也为正常，但各般冗事可一体化之以方便群众，省却麻烦，钱款再行内部分配无妨。

7月17日　星期日　阴

10：50乔占祥来电，问以"公共利益"占一卦为何辞何意。

12：00到菊花胡同民盟中央菊园。15：00到亚洲大酒店看荣宝拍卖，遇唐辉。16：30到永安宾馆文化沙龙见文怀沙先生，请为栾艺铭题"紫竹轩"。文老说有人在外说文怀沙说崔自默是他老师，"有是乎？"他回答说："唯，然，有之。"文老豁达如此，而我有警策。

人敬我者，我益敬之。只记人好处，不记人坏处。有辱我者，则自当去之，心亦坦然矣。昔或论钱锺书与文怀沙，云：以论学，钱胜文；以论识，文胜钱。钱读之，修书责为文授人言此，文以为辱，乃复函请绝。钱锺书在题范曾先生绘文怀沙像时有赞词云"文子振奇越世"。所谓"振奇越世"，意即：能使奇人以为奇，学问大的佩服你；超越一般世人之所思所为，往往惊世骇俗。如文子者，能振奇，却不能拔俗，其天乎？邓肯回忆一生中最大之遗憾，是与罗丹失之交臂。不尊重女人的艺术家，不是好艺术家。遇知己而不以为知，不遇知己而以为知，是女子的两种悲哀。

固非禽兽，亦非圣人。偶尔惬意，不能胡来——纯金子赞美你，因为你是试金石；假金子诋毁你，因为你是试金石。

18：00与栾艺铭到净心莲素餐，徐媺婷在，海南周文彰先生到，出示书法作品。徐媺婷说：画画是她的专业；经商是她的职业；服务社会是她的事业。20：10到棕榈泉看徐媺婷近作，意在求变，并得《解语的花树》，徐媺婷画，苏叔阳配诗。

好奇心、耐心、观察力、判断力等等，无数的细节叠加在一起，造就一个人才。

7月18日　星期一　阴

一夜暴富——这样的宣传，虽然可以鼓舞普通人的生活热情与勇气，但的确也扭曲了他们之中很多人正常的奋斗秩序。相信了传奇，忽视了努力，于是好逸恶劳，心猿意马、朝秦暮楚，没有一点服务意识和责任感，最终害人害己，与和谐社会背道而驰。只看到了别人的成功，却看不到成功路上洒下的一路汗水和泪水。见了高山，你就不再留连于小丘啦。第一次，你以为那个小丘就是全部，于是你发现自己错了，就成熟一些。也许不久，你再次遇到一个比前一个小丘稍高的小丘，你以为到头了，你就又错了。人自以为是，只能自己教训自己。小知识分子，反容易自我拘束。学问大了，修养深了，才能突破局限。

最亏的是有名无实的"桃花运"。不知大，焉识小？应该相信什么？应该相信时间。昨天的东西全部过去了；明天的还没有到来；只有今天现在的快乐才是真实的。

11：50读邮件，内有读图，能看出九个面孔者智商高，我则看出十几人，看多了不知何如？又读螺旋几何图案，前后移动眼睛则产生动感，若几个螺旋在一起，似乎在转动，若盯住某个则由动变静，妙。视错觉，乃视觉之妙用，平面与立体混杂其间。视觉尚如此，身体之可开发者大矣。19：50看CCTV10《动物运动会》，换一个角度来探索与发现，有科学有趣味，显然需要敬业精神。20：30看CCTV4《走遍中国》，神农架野人之谜，说来容易做来难，很多事情都这样，都需要具体的操作，需要一些实干的人。21：00看 CCTV10《千年书法》，有我镜头，殊不如随便聊天之自然与鲜活，编导如此虽整齐但少生趣。22：00作和合图等，颇有可观。

7月19日　星期二　阴

培根（F.Bacon，1561—1626）说过：历史使人明智，诗歌使人聪慧，数学使人精密，哲理使人深刻，伦理学使人修养，逻辑和修辞学使人善辩。（Histories make men wises;poems witty;the mathematics subtle;natural philosophy deep;moral grave;logic and rhetoric able to contend.）

17：00整理旧照片。周汝昌先生久未去见面了，颇感愧憾，亦无事，免得打扰先生。

历史上人物的真实所在与其流传故事，有时差异巨大，什么是历史？什么是真实？书法难矣哉！同样一字，千人千样，书法之可开拓之空间其大矣。"各师成心，其异如面"，刘勰《文心雕龙·体性第二十七》中的这句话，普通中蕴涵了高明，天下之道理莫不如是。

22：00回黄寺。喻儿"No pain，no gain"之道理，以形近与谐音组成谚语格言，为一便于流传之方法。写人物头像、鹤及荷数纸。何日可游刃有余，使线画在空间自由游走，以我笔写我心中意象情韵也？

7月20日 星期三 阴

9：20与文怀沙先生通话，文老索展览小画册，道出结缘之重要；文老重我，令我忐忑，视为鞭策可也。虚荣——实光。11：00与书法家李凌通话，下午约在保利剧院见面，晚上汉字晚会有我推荐他写字的节目。

翻检照片，发现2001年4月7日摄于南开大学宁园陈省身先生宅的一些照片，其中有一张照的是杨振宁先生在给《天津青年报》题字，内容是："天津是历史名城，希望天津青年为自己、为天津、为全国做出贡献。"这张杨先生正在写字的照片报社不会有，因为当时记者全部被挡在了外面，只有我一个人在里面且带着相机。

教学相长。教者所以长其器，学者所以长其技；然则器与技者犹居下，上者本达乎道也，和谐其性是也。教者，叫也，此不可与外人道。此文化之一隅，看似玄虚之极，实则一说法，所谓叫而已矣。

17：30在CCTV3电视音乐有徐洋的歌，与蒋刘瑜老师通话。性格+嗓子+文化+机遇=成功的歌手。19：00到永安宾馆，见文怀沙先生取"紫竹轩"三字。文老书有六尺对联，词为其旧句，曰："高蹇云霓为我御；手提落日照长安。"——手提落日照长安，其气象何其大也。19：30到柴岩柏宅，方与柴尼斯云南之游归。柴兄书法雅正，天生艺术才质，可惜冗于事务也。柴尼斯今年上电影学院，忽然从幼儿园就开始上大学了，时光飞速。

过多的欲望与基本的需要，应该分辨对待。论能力与文凭。能力是生存的根本；文凭是应世的需要。能力无法判断，文凭却是明摆着的。表面文章要做，是习惯的作用，个人打不破习惯。我本来就是专家，但自己夸耀自己没有说服力，就借外面的专家。在报告上要有完善的说法，比如经过我们自己认真研究，又请有关专家集体讨论，进一步改进方案，领导一看符合程序，就容易批准。文凭+头衔=专家，专家的意见是"权威的"。又看《北京晚报》，有崔永元说"收视率"的问题，喝酒套出真话来，背后的数字真是丑闻。

20：30到东方广场底下影院，看《七剑》首发式。久不来闹市，一片繁荣景象。多年不看电影了，电影幕大，费神。很多时尚青年在。不让带相机进去，真是故弄玄虚。

片中有两句话，我印象深刻："真相是要要人命的。""大仇不能报。"——无论发生在外表显示的善还是恶身上，其背后的真实，都是不能为外人道的；很多东西只属于自己。大到以命相抵，无法复命之时，即复归于平静。动作片，就是武打片。武侠小说，尚有文学性和浪漫在，变为电影，消极的打斗，血腥的杀戮，那没有人性的凶残，无由，难道只是为了钱那么简单么？禁武令，应该有社会的背景吧。没有触及人文的关怀，终归显得小气。各地演员联合拍摄，对白台词不合拍，没有古意，一串瘪子腔调，不伦不类。以怪异为能事，不是本事，要平中见奇怪，才是手段。没有中心思想，立意不高，内容一般，赋予一个华丽的形式，只是皮囊而已。情节节外生枝，追求小趣味，终难成大气。毫无道理的东西，可作幽默大师对待。与国际大片拼什么？水平么？鼻涕泡耳。

现代的摄影和后期制作手段的确高明，但过犹不及，视觉和听觉的疲劳，不能代替发自内心的感动与启发。我们的艺术品市场，消费者尚处于低级阶段，一些制作的中间环节欠缺素质，尤其没有敬业精神，所以要求不能太高。要达到一个相当的水准，需要过程。人之惟利是图，是短见之所为。三十年河东，三十年河西，谁能说准哪块云彩下雨呢？

7月21日　星期四　阴

15：30翻检照片，见一张去年5月拍摄的秦古道的照片。范曾、赵忠祥、赵文瑄等朋友在。古道位于河北省井陉县，是遗留下来的秦代遗迹。"车同轨，书同文。"道路的交通与文字的交流同样的重要，是大问题。车马行于道路，车轴之间的距离一定，轮子碾在石头路上，久之，留下深深的车辙痕迹。铲平了，再轧上去，再深深……历史走过这么多年，不知多少故事已经湮灭，却留下了这可见的车辙，供人们凝视、叹息。时间啊，会磨灭一切！

16：30整理资料。鲁地玫瑰王，冯西歌之张；玉米掌门郑，同说云其忙。18：30写就《写意与写生》一文。

密云不雨。窗外有清风。今日事，今日办。每日拖延三分之一，经三日而荒废一日；每日紧迫三分之一，经三日而获得一日。

7月22日　星期五　阴

真正的艺术大师，玩的是命。法尔如是，以心写出；欢迎抄袭，亦善事焉。我公开欢迎别人抄袭我的文字。

10：00写文论述舞蹈与书法。11：10作家亦夫到办公室，一年不见了。12：10到蜀南人家吃饭。

事搞黄了，就都不累了。"无价"有二解：一，不值钱；二，价格太高。

目标都是一样的。一步到位，就成"死局"，没法玩了；绕弯子的步骤，就是游戏的过程。"繁华落尽见真淳"，没有曾经繁华过，谈不上"落尽"。不曾经历过，谈不上看破；不曾拥有过，谈不上放下。难熬的痛苦是可以逐渐解决的；极端的快乐是不能继续下去的。

14：30把给周明信放在现代文学馆。15：00与亦夫到老村宅。雨下，路有积水，车行溅水，过路女子惊呼，立即为车不能减速而不安，心乞宽恕。16：00回办公室。亦夫、老村、张卫海三人同为西安乡党。卫海谈户县农民画，本来是很生活生动、真实朴实的，但西安美术学院的老师下去指导他们焦点透视和空间造型等绘画技法之后，结果农民不会画了，画出来的东西什么也不是了。

庄严与美好，需要文明与修养来维系。很多恶心的真实，使人对虚妄的美好失去兴趣。常常尴尬于对待现实的态度：若从俗从众，则无道德、有所不忍；若不从俗从众，则极不方便。过去的简单的生活，往往是最浪漫的；现在的生活虽然精彩于过去，但使人失去更多。

太聪明的人，是干不成事的。驴子的眼睛必须蒙上，它自己会以为自己一直在向前走。

17：00 国学网查"舞剑"，甚多。李白歌诗、裴将军剑舞、张旭草书为唐代"三绝"。唐开元中裴将军善舞剑，吴道子以为平生壮观，见其出没神怪，而后草书大进。又有公孙大娘善舞剑器，僧怀素（一说张旭）观之，草书大进。杜甫有《观公孙大娘弟子舞剑器行》歌行述此事，"……昔有佳人公孙氏，一舞剑器动四方。观者如山色沮丧，天地为之久低昂。㸌如羿射九日落，矫如群帝骖龙翔。来如雷霆收震怒，罢如江海凝清光。绛唇珠袖两寂寞，晚有弟子传芬芳。临颍美人在白帝，妙舞此曲神扬扬……"悟，思之极也。舞与书，虽为二艺，然其意气与神情一也。僧怀素观夏云奇峰，因风而变化无常势，理同草书。闻江声、观荡桨、见蛇斗、孤蓬自振、惊沙坐飞、飞鸟出林、惊蛇入草、壁拆路、屋漏痕、折钗股、印泥、锥画沙，等等，书法意象的讲究特多，均由自然物象物理，得悟书意笔法。

猿啼玉涧，鹤唳青霄，渴骥奔泉，其千变万态，意高语妙。翩若惊鸿，宛若游龙，沉着痛快，优游不迫，顿挫有势，擒纵自如。方循绳墨，忽越规矩，以故为新，化俗成雅。公孙舞剑，庖丁操刀，以法传法，以道应道，以魔传魔，曷可胜言哉？有趣味的是：剑法竟与词法通。如李易安词，首下十四个叠字"寻寻觅觅，冷冷清清，凄凄惨惨戚戚"，是公孙大娘舞剑之法，这在清人沈雄《古今词话》词辨下卷、陈廷焯《白雨斋词话》卷二、田雯《古欢堂杂著》卷三、《彊村丛书》跋、冯金伯《词苑萃编》卷四品藻二、杨慎《词品》卷二、《瑶台片玉》甲种下编、施绍莘《瑶台片玉》甲种下编，都有所涉及。

叠字妙论者例如："宋元人填词，每用叠字，乃祖文选诸赋体也。李易安《声声慢》云：寻寻觅觅，冷冷清清，凄凄惨惨戚戚。《西厢记》云：悄悄冥冥，潜潜等等，待那齐齐整整，袅袅婷婷，姐姐莺莺。赵明道云：燕燕莺莺，花花草草。攘攘劳劳，多多少少。媚媚娇娇，亭亭袅袅。鸾凤交，没下梢，空耽些是是非非，受了些烦烦恼恼。又云：他风风韵韵，艳艳妖妖。月月朝朝，雨雨云云。乔梦符云：莺莺燕燕春春，花花柳柳真真。事事风风韵韵。娇娇嫩嫩，停停当当人人。徐甜斋云：山山水水，诗诗酒酒，古古今今。若此之类，不可尽述，然以填南曲更难。子野则云：今宵那里山山水水，风风雨雨，况又是思思想想，愁愁闷闷。痴指望梦中相见，俊舌巧心。宛似神工鬼斧。正《贵耳集》所谓公孙大娘舞剑手矣。（彦容评）"（明施绍莘，香艳丛书《瑶台片玉》甲种下编）

中国书论——所有文艺理论中，是最发达最高水准之所在。很多作家，不会以为书法理论与写作有所关系，但恰恰有十分重要的关系，小作家不知，亦不能知。

命大，有偶然性。随便想一个字，一翻字典，正好是那一页，这种几率有人说基本很难遇到，实际上，我只要想做，一天就可以遇到一次，因为，其概率不会小于 $1/200$。

0：15回黄寺。写仙鹤。1：00休。

感悟、发现、摄取，摄影的机遇，专为准备者所设。摄影之妙，亦不在虚实，因虚实各自有妙用也。评论艺术水平的高低，我提出一条"黄金准则"，就是——难度。摄影艺术的根本难度，大概有三：一，技术性强，没有好的设备和技巧，不能彻底实现；二，劳动量大，没有艰苦的体力与时间付出，不能全面完成；三，机遇难得，没有社会背景与知识关系的积累，不能瞬间把握。

信手翻阅中国历代花鸟画精品，有新感受，乃知风格流向渊源，以及各家手段高低，倘有多时，势欲选择临摹。文字语言，一定有中心思想；但视觉语言虽然不是哲学插图、政治说教，但也不能忽略中心思想吧？论书法以及绘画的精神性，是一大课题。不靠自己干不成事，只靠自己又干不成大事。人需要帮手，但人家为什么跟着你？有才有德的帮手，是因缘所至。

思与行的乘积，是成就的结果。以W=PT为例，人非铁人，需要休息，如何调节P与T的比率，需要优化。$0.1 \times 0.9 = 0.9 \times 0.1 = 0.09$，$0.5 \times 0.5 = 0.25$，而$0.25 > 0.09$，聪明而不用功，或者用功而不聪明，都不如中者中行。觉与决：觉是先决条件；怎么决，是随机问题。机会多了，才可以选择；但如何选择，不是可以绝对决定的。日常善于思考的人，宛如下棋可以看出好多步的人，其胜券几率总大。找优点比找缺点难，只要你没有致命的缺点，那么只要找到你自己具备而别人不具备的长处，依据之，可以战无不胜。

7月23日　星期六　雨

一见钟情，是大浪漫。爱情的结果，是亲情。偷情，源于性情，归于虚无。

12：40起。14：00看CCTV10《以史为鉴》之《丧钟为谁而鸣》，讲述远东国际军事法庭审判战犯情节。中国法官梅汝璈与检察官向哲浚、倪征燠，是不动刀枪的英雄，是他们亲手将以东条英机为首的七个日本战犯送上绞刑架。17：17到保利大厦见李达，看保利拍卖国画，帮助释文。黄宾虹、傅抱石、张大千、李可染等皆精品。书画鉴赏需要专业知识，但重要的是实践经验。

19：50到港澳中心六层见陈丹。崔健、周国平在，谈奥运会开幕式方案。陈丹提供"中国律"（China Groove）的设计思路，以"风水火"为抽象符号。

与人争斗，不管是胜利还是失败，都是失败。只要争斗，就是失败。

7月24日　星期日　阴云

看CCTV12《法制在线》，说西北沿路盗窃沥青事，在过去的记忆里，投机取巧似乎成为人们互相欣赏的事情，于是"硕鼠"现象多年来未被人注意。14：00看CCTV10南京大屠杀情节，七周里，南京成为人间地狱，太残暴了。今日读来，让人心滴血、喷火。

专题片中片头反复几次，显然是使节目延长时间的"好办法"，"搀沙子"，讨厌。没意思的镜头，对演员的上镜时间而言却有意义。人都有陋习、恶习，不可"五十步笑百步"。不比较、不计较，是美德，也是使自己心境舒泰的良方。

很多真相，需要知道么？生活、家庭、真实、真理、容忍、逻辑……问："真理"是什么？答："真理"就是"真理"。这样的回答，就是同一个概念互相解释，是没有意义的定义；但是，它最准确。A≡A，是公理，对于一个概念的定义，这种恒等式模式的解释，虽然没有意义，但最准确；而其他解释，即便内涵和外延都可能很丰富，但永远也不会最准确。有意义的解释或定义，却不准确；而"最准确"的解释和定义，却没有意义，这很有趣味。

1：20休息。读历代花鸟画。见倪瓒写竹，虽曰懒手老笔，但非一般心境。乃临摹之，十数纸仍不惬意，忽成风竹，乃以草书法为之，点缀以麻雀数只，亦有趣味也。

7月25日　星期一　云阴

10：50审完《作品与争鸣》第8期稿，内有转载贾平凹《谩骂是他存在的方式》文乃答记者问。15：00整理资料。17：50到东方广场地下一层新世纪电影院参加"2005以色列电影节"。放映电影为《逾越节聚会》，一个简单的家庭聚会。小孩子的恶作剧，是要害死人的。剧情中的花篮，可以作诠释爱的力量的生花之笔，也可作故弄玄虚的拙劣之笔，因为它是虚幻的，自己怎么动了起来？虚幻的情节，与真实的情节在一起，有一个如何扭结的问题，否则就是败笔。观众喜欢关心自己周围东西，离得远的东西不能打动人。

不在于其大，而在于其不小；不在于其好，而在于其不坏。因为你相信，所以才有鬼话。永远当主角的结果，就是累死。精神的最绝高境界，是会使很多俗人惊骇不已的，那宛如魔佛同窟，直面生死，在混沌里放出光明。忆及王安石《游褒禅山记》中语"夫夷以近，则游者众；险以远，则至者少；而世之奇伟瑰怪非常之观，常在于险远，而人之所罕至焉"，很有逻辑。

"同声相应，同气相求。"事之不如意，在于不对路，正如货买其主，交易不成，不在于价钱之高低，而在于买方不需要。在极度快乐的时候，人尤其容易感到巨大的伤感，其原由大致有：一，眼前之乐不能长久；二，本可有如此之乐，却等待多年，得来何其不易；三，社会中的所谓文明之人，为自己制造了那么多障碍，使自己离健康的童年越来越远。在简单中见常理。因爱而误解，误解需要化解，未雨绸缪。人无远虑，必有近忧。平地是会起风波的，不可不慎。面对不讲信用而又能厚颜无耻地再来与你说话客气之人，应该多他说："跟你学不到东西，瞎耽误工夫。不跟你玩了。"

7月26日　星期二　阴

你不是不可以享受很多的快乐，但你要问一问自己，能否承担那么多相应的责任。不守诚信者，游走于街道，行为委琐，是流民心理的一个特征。看是阴天仍来洗车的人，自有他的原因。你上山看到别人下山，应该明白一些道理。事情是干不完的，必须择其要者而为，其他依次顺延，能拖黄了的事情证明其不重要。自己有地，还不如租种别人的地自由。地闲着长草，种不好仍然长草。

14：30韩建来取书。15：00写文章。死机数次，内存太低故也。屏幕上总有"免费电影院"的图标，删不掉，它生命力强，是因为它无耻。杂草的生命力强，是因为它低贱。18：50开邮箱，收李斌来信，说到最近网上有人借"七月流火"典故误解来攻击人大校长纪宝成以及为纪辩护的范曾先生。中午吃饭时高全喜来电亦谈及此事，不知其详。上网查之，原来是纪先生在欢迎台湾新党主席郁慕明的致辞中错用"七月流火"一词表示为七月份天气很热，舆论大哗。范先生提出诗无达诂、人各有会，对"七月流火"的理解不必刻舟求剑的说法，并云孔颖达《十三经注疏》中有解释"七月流火"为极言溽夏炎蒸，流者下注也，火者状其炽燃也；又据郭沫若之考，七月指周正七月，实为农历五月，天气转热，而非变凉。有人则提出异议，说无此一说。之前，清华大学校长顾秉林在宋楚瑜访问清华时曾因句读小篆不畅而引发争论，范先生说正如同国学大师不见得熟知欧几里德和高斯，也不必强求科学家通晓篆籀，否则即是"舍大而求细、识寡而智塞"。

19∶40离办公室。墙柱上有污迹，错看作知了。窗外正有知了鸣。21∶15到东方银座杨红数梦公司办公室。为刻"世纪领袖"（横与竖式样）与"世""树梦"印各一款，作其《Leaders》中文版标记之用。22∶50回黄寺。作画，构图需讲究。1∶20休息。

胖子比瘦子更容易给人以信任感。胖子看起来憨厚？平常的一个微笑，会给人留下温馨的记忆，那不啻是心里萌动的一个梦。虽然也许不开花结果，但那注定是前世的因缘，瞬间也最浪漫，要懂得珍惜、感动。

7月27日　星期三　阴

10∶30陈醉先生来电，有庞国华赠《中国古典人体艺术》光盘5枚。11∶20刘梦溪先生来电，谈及近况，并命刻用印。

挂一漏万，网漏吞舟，好词。网络的田地真是大，可以使劲耕种，但收成到底如何呢？还有不劳而获者，随便粘贴别人的东西，不注明出处而掠为己有，此一来，助长了垃圾的产生，最后破坏掉这么好的一块田地。物必自腐，然后虫生。网络之抵抗力如何、生命力如何，大概还要看它自己。

22∶20回黄寺。临文征明花鸟。作荷鸭图、仙鹤荷花图等。1∶20休。

书画之事，只要不是傻子，都可以把笔墨搬到纸面上；只要经过长期训练，便可摆布得好看些；但是，要想实现画理与命理的和谐、完成自然与人性的和谐、体会艺术对于调剂人生的大快乐，则绝非易事。

忠、孝、礼、义、信，是爱的一种高级形式。最大的浪漫，以感情的痛苦为代价。

7月28日　星期四　晴

任何事情都是人干的，把握住了人，便掌握了一切。无论是科学还是艺术，只要弄清楚了关于人的因素，其他任何共性与个性的东西，即可一目了然。

艺术，是艺术家的艺术；数学，是数学家的数学。几何学（geometry）最直接的用处不过是丈量土地，苏格拉底（Socrates，前469—前399）这么认为，而他的学生柏拉图（Plato，前427—347）十分重视几何学，不懂几何就别进他的门，再往后，柏拉图的学生亚里士多德（Aristotles，前384—前322）则有了更广泛更深层的数学思维。经典几何是欧几里德（Euclid，约前330—前275）几何学，他的《几何原本》由我国明代的徐光启（1562—1633）与意大利传教士利玛窦（Matteo Ricci，552—1610）一起翻译过来的。经典几何有两大法宝，即毕达哥拉斯定理（勾股定理）和分段成中外比（黄金分割）。欧几里德之后，经过德国数学家高斯（Johann Carl Friedrich Gauss，1777—1855）以及非欧几何学的集大成者德国数学家黎曼（Georg Friedrich Bernhard Riemann，1826—1866），终于有了作为爱因斯坦提出广义相对论的基础数学理论。从"日心说"到"相对论"，哥白尼、伽利略、开普勒、牛顿和爱因斯坦，五位巨人，一起奠定了近现代天文学、物理学大厦的基础。伽利略创立了对物理理象进行实验研究的思想方法，并形成了把实验方法、数学方法与逻辑论证相结合的科学研究方法。经典物理学大厦是由牛顿力学、麦克斯韦电磁理论和经典统计力学来支撑形成的完整严密的理论体系。

天才，是天生的人才；天才，是能够研究天理的人才！草地锄理，有草土香味。没有食蚁兽，蚂蚁照样活着——蚂蚁不是为了让食蚁兽活着而存在的。

14：00回黄寺取东西。白云悠悠，奇峰舒卷。14：25到五塔寺真觉苑。天网世道，鸟恋故林，本有所无，得趣乎践。18：00到文学馆接周明。18：40到三里屯附近的蕉叶泰国餐厅清迈间。此地有特色，服务员与顾客一起参与歌舞，快乐消费法，已不仅仅在于吃的味道，还在于生活之不呆。来者有周明、郑万龙、杨晓雄、朱佩君、李健、韩英剑、雒三桂。杨先生讲电视剧编导及制作发行诸环节，实践经验丰富，具体而微，有精品、规模与明星时代之概括，也有投资之先搭车而后独立操作、与成熟的团队合作之方法。找好项目难。好项目不会轻易找到你一个刚入行的新手手里。在市面上游走的有朋友、有敌人，还有骗子、闲人、混混等等。先教学费，才能得到真正的经验。

表面文章是给外行看的，内情是不能随便外传的，一怕出"害群之马"，二怕多一个分羹者。隔行不隔理。在商言商，你可以说不喜欢钱，但你必须遵循钱流动的法则。"你穿这件有点不搭配，换这件还行。"此看来是销售者辩证地实在地为顾客考虑，其实还是为了销售出去这个道理。不免俗而能离俗，不易也。

0：50回黄寺。画画。眼睛疲累，1：20休。

7月29日　星期五　晴云

早一步与晚一步，均不可。很多人狂妄的无由，简直是莫名其妙。"咔咔的"——东北话很有生趣。

13：40回办公室。高全喜先生来办公室，是日在中国文化研究所开会。聊，拟与余作一政治社会法制与艺术个性审美的对话。16：00与王鲁湘通话。17：45回聊办杂志事。19：00修改《此岸》9–1章节。20：10离办公室。

自己人的评论容易被忽视，而外人的评论则容易引起关注。"外来和尚好念经"，好奇心理之一也。人才太多，疑似者不被考证而忽略，是一必然。山到成名毕竟高。看来不合理，实际上有其合理性存在，而一般眼睛是看不破的。要想跑到前面，努力是一方面，还要考虑路径问题。捷径，是必要的。

现在杂志如雨后春笋，但资源有限，办事不易，不规则之事在所难免。世界上没有无缘无故的爱。不要总想着玩"擦边球"，一旦习惯了，不留神就要出圈，很危险。

7月30日　星期六　晴

原子弹的意义，不仅仅在于它的爆炸之时。状态的存在，有必然性；问题的解决，有或然性。做了未必好，不做必不好。

"大概齐"，是一般人的思路。浅尝辄止，是一般人走的路。找准方向，下笨工夫。没看见门、看见门、摸门、进门、进院、登堂、入室，从艺之路，循序渐进，能臻佳境者其百无一也。至于南辕北辙、大相径庭甚至背道而驰者，亦多矣。太好了、登峰造极了，就是说没法进步了。说"人书俱老"了，就是说没法活了。彼一也，此一也；名一也，实一也；言一也，行一也；思一也，为一也。谦虚是有学问者的专利。学然后知不足，余无学，故不知己之不足，信口开河，好为人师也。余之说也，亦己之思而已。余之说，以证明余之年轻也。君子成人之美。人之所美，各有不同，何以成之？故无以为君子也。

18：20到华宝斋。与蒋黎明谈华宝国学论坛事，有刘墨开列的计划与名单。黎明的姑娘作了一首诗："天上有个月亮，地上有个月亮；天上的月亮在地上，地上的月亮在天上。"——颇有禅意。

在商言商，你喜欢与否和你赚钱与否是两个概念，要区分对待。有画家言自己吐口唾沫别人都看着是钱，既是对自己的盲目崇拜，又是对别人的极不尊重。能站到巨人的肩膀上，就已经证明了他的不凡的能力。没看不相信，看了相信了也晚了。"象是什么？"无法回答，只有把无穷个偏见 $\sum x1+x2+x3+\cdots$ 在一起，才接近原本。

二〇〇五年八月

8月1日　星期一　阴

快乐是大方向，一切与快乐相冲突的选择，都是背道而驰。实践上永远的不可能，在理论上也基本就等于不可能，很多人也许不愿意承认这一点，但在实际生活中，必须采取这样的态度。机会有，但很渺茫，到了基本等于零的程度，就是没有。

15：00改李斌传来《此岸》6-4章节时间旅行。"李：如果时间旅行者进入了过去或未来，如何适应新的环境？只要想想越洋航班跨越不同时区造成的飞行时差反应（jet lag），或者跨文化移民造成的文化震荡（culture shock）等问题，就不难理解这种转变的困难。时间旅行者需要有绝佳的心理素质，和超强的适应能力。另外，除了适应环境，时间旅行者的凡胎肉身，能否胜任超高速飞行的巨大阻力呢？""崔：这些问题都是假命题——根本不存在的问题。因为只有在实现了时才能出现这些问题，而现在，离实现还远着呢。"

人太聪明了，就想着攥着自己的辫子把自己抓起来了。有一个简单的常识："假设"与"如果"，是世界上最厉害的武器，只要一个使其"假设"或者"如果"成立的本事，任何人就可以实现任何目的；但是实际上，世界上最没有用处的东西，就是"假设"和"如果"。有一种说法，在某个什么星上，物质的密度特别巨大，即便一小块，一旦落到地球上，也会把地球击穿——要知道，这个星上的物质，在它那里密度巨大，一旦离开它存在的周围环境，就要变化，还没等它到达地球，就已经爆炸了。

18：00上网。18：50离办公室。19：10回西院。19：40看焦点访谈，"抵制低俗在行动"，开始关注电视主持人行为的低俗现象，应该。王刚、崔永元谈话——"能跟家人开的玩笑，才可以跟观众开"，永元此句，特有同情之心。

同声相应、同气相求，这种应与求，需要距离的接近。很多本来特别适合在一起的东西，包括人与人，就是没有缘分相遇。这是一个悲哀，没有缘分的人，死守在一起；有缘分的人，不知缘分在哪里，或者知而不行。能跟家人看的作品，才是好的作品。敢于污染社会，为何不敢带回家里？不受约束，风筝就飞不了那么高。完全的自由，失去了秩序，是没有了力量。

20：50东院一走，虽近在咫尺，但不常至。仰望天际，明丽悠远。小园中草木葳蕤，氧气充足。21：30到小湖边，与湖边邻居聊孩子上学事。小湖已废，野鸭亦不知去向，正改建为污水处理工程，可见节约用水开始真的被重视了。抽水马桶也使用饮用水，大可不必。浪费资源，就要以失去美景为代价。22：00到柴岩柏宅。柴尼斯北京电影学院音乐系的通知书到，买了新钢琴要练曲谱曲。23：30回黄寺画画。写荷花仙鹤，以简练构图出之。画中部件宜聚不宜散，聚则气息整洁、笔墨精神，散则构图松软、画面邋遢。2：00休息。不入魔，不出活。

人生的道路，因选择的差别而差别。我多么期求手中的这只笔尽快达到游刃有余的境界，那么我便可以尽情地经由它来传达和寄托我的情绪，也更可以从中感受到无比的愉悦与幸福。

8月2日　星期二　晴转阴

11：30到蜀南人家。赵学勇来。15：30看保利拍卖作品图片。刘奎龄、刘继卣父子之人物、走兽、花鸟无不传神，为天才画家。17：15到五塔寺真觉苑。看碑林，有一碑额名曰："公议老会"，若以现代形式读（自左而右自上而下）之则为"老公会议"，颇有趣。18：30张铁林与他在英国的女儿一起来。看碑刻、五塔下大银杏。吃素餐。20：20结束。

21：15回黄寺。作荷花仙鹤、钓者。得十数纸，颇惬意。2：10休息。

仙鹤画法已熟练，故能照顾到骨骼结构和羽毛感觉，腿爪过关。石头以一波三折法出之，笔意连绵。荷叶最不易，先勾筋脉，亦以一波三折法铺叶片，以浓淡墨分阴阳。荷花不设色，仙鹤丹顶一点最为注目，幅内除墨色之外，只用三绿色作衬底以烘托气氛，兼得池塘荷叶参差掩映远近之感。以三绿勾画荷叶筋脉，复以浓淡墨铺设叶片，颇美观，亦自家法也。

8月3日　星期三　雨阴

天雨润万物，不会择地而落，大树与小草一般对待，及其既落，亦不计后果矣。

11：30《荣宝斋》主编画家唐辉来电，约为幺喜龙先生书法写评文，并荣宝斋画院聘教授讲课之事。18：30到非洲餐吧。20：00到三里屯的地中海餐厅。一老外，喜欢收藏中国的古家具，亦只在兴趣而已。

据说有写文章比如情书的软件，把关键词输入，然后就可输出一篇文采斐然的文字来。思想的深度，是感情的必然。人是可怕的，潜能特大。比如杂技中的柔术，动作可以超出解剖学的想象。非凡的实践，使某些不合理的东西得以实现。

王朝闻谈王熙凤，刘心武谈秦可卿，都能牵扯到社会与政治的大背景，把《红楼梦》很严肃地来读，此一方面说明红学的精湛，二来也说明戴上有色眼睛来看东西，总会染着眼睛的色调。人既然在社会中，社会是复杂的，怎么看怎么有，是必然的，何怪之有？

画面上出现奇怪的古代图象符号，这种图腾，是画家自己主观心目中的呢？还是他有意赋予画中人物的呢？不管如何，显然主观与客观是不能分离的。有名的画家，站在实践家的立场，有时故意引起争论，牵引批评家的目光，搅混水，而只有独立不倚的批评家，才能超越一时之俗流。

21：40到工体。张建彬、岳敏君、李文子等在。0：00回黄寺。作仙鹤荷花两纸，人物两纸。1：30休息。即便不能达到目的地，也要有明确的目标。

对话类的文体，太随意没有内容，太强调知识性则容易板滞。要在对话的行文中反映出多方面的学问意味和人生情趣来，拉近文字和读者的距离，不易。万物一齐，众生平等。机会相当，不作刻意。小不如大，但大可以再分，小则保持完整。

8月5日　星期五　阴云

深夜雷雨声起，凌晨停，空气清新。别人不回答或者听不懂你的话时，你可以说——"我要摔琴了。"——没有知音，不复鼓琴。留之何用，石上一抢。"男怕选错行，女怕嫁错郎"，这虽是一句简单的俗语，但见出人世间关于男女生存的本质性问题。男期得良女而娶，女欲遇好夫而嫁，驾女——驭夫，好词。

16：00上网。读到浙江在线《美术报》电子版上转载范曾先生给我的《为道日损》所作序言。又见《贾平凹书法入教材余秋雨徇私？》一文，老余被讽刺一番，连说老贾是书画天才的陈传席也被贬损一番。又读到2004年7月我和梨园文化网的作家孔林鸟的一次谈话，其中有我当时说的话："文化含量的问题是一个比较虚的概念，谁的文化含量高，谁的文化含量低，没有一个硬性的指标来衡量，只是一个相对认可的问题。到底谁高谁低很难回答，即便你回答到一定的份上，那么第一道问题就出现了，他高还是低有什么用"；"文艺复兴是一件大事，文艺复兴很有必要性，但要复兴的是哪一类的传统文化？我们怎样复兴？其中就包括它的可操作性。比如文化如何产业化，这里有一个可操作性的问题"。18：00沙发小憩。身至异地，依稀是宝鸡，一周时间，度日如年，忽忽醒来，一梦也。19：00吃方便面一桶。19：25离办公室。20：30吴香洲、许宏泉、邹俊贤来，聊。知识越多越反动，"反动"就是倒退，——因为看到了太多，学然后知不足，没有了前进的勇气和动力。大家赞誉文怀沙翁，先生懂得玩，也会玩，与之交游好玩，至于其他诸老先生，则多无趣。22：20王颖来，拉二胡一曲，弹奏钢琴并唱歌一首。23：00归，画画。2：50休。

8月6日　星期六　阴

13：50一家人到香山，泊香山宾馆。余居京华忽忽十七年，至香山亦不计其数，然多半途而废，其山虽云不高，却未尝登临顶峰，殊觉惭愧。山中蚂蚁甚大，为之拍照写真。至山腰，风始转凉，惜人犹众多。下山，膝盖尤累。途中见一松鼠在松树上跳跃。出香山，桃园买桃。登山特累，但看到山顶上已有很多人在歇息，乃知自己不及很多平常人。头脑上可以超越一般人，但在身体性命上，自己却与一般人无异。健康问题值得重视。平常心，平等心，敬畏心，应当时刻保持。

20：26回黄寺。画。0：00休。

8月7日　星期日　阴

是日立秋。忽忽又一秋矣。

10：15到玉泉路军科黄宏宅。12：35回黄寺，画画。20：45大家到有景阁，谈艺术的个性、审美和市场。

"事若可传多具癖；人非有品不能贫"——清人王文治此联语颇有辩证与实际思维。吃饭的AA制，既可爱，又可气。好人看人是好人，坏人看人是坏人。传统的修养与工夫积累到一定程度，一旦触发，便可以开拓出属于自己的个性语言。个性的审美，必须服从和适应集体的普遍的审美共性，才可得以普及而被广泛认可。

23：00回黄寺。0：20休。画荷花，设色块面以现代构图方法出之，似有新意，但仍不奇崛。

8月8日　星期一　阴

13：00到现代文学馆看艾青、叶圣陶、老舍等像。15：00南通歌手杨静与乃父来。17：00刘波来，示《荷香素洁连波远》，没骨荷花雅韵清绝。

好的音乐在于能打动人；能打动人在于节奏与旋律符合听觉审美的共通性；好的节奏和旋律的特点是具有简单中的复杂，重复中见真淳。天才的标志之一：自觉。艺术狂热与犯病，实质是一样，只是一般人犯病就是犯病，而艺术家的犯病可以视为艺术创作的狂热投入。把俗事说大了，就雅了。比如加入某协会会员，别人正以为很庸俗，你却可以说："我能加入协会是我的光荣。"

21：10回黄寺。画荷花仙鹤，意在"君子和而不同"。画荷边钓叟，"意在荷也"，荷者，和也。钓竿竖立还是正常把握，值得考虑。

8月9日　星期二　阴雨

半夜雨下，惜不似据说的夸张，毕竟"强弩之末，不能穿鲁缟。冲风之末，不能起鸿毛"（《史记》）。

10：20为保利拍品0072张大千《竹溪六逸图》（185×95cm）和《荷花四屏》（174.5×66×4cm）写一评文。商山四皓、竹溪六逸、竹林七贤、饮中八仙，都是人物画中的好题材，只是不容易画。而把荷花、松、竹子、兰花、菊花、梅花等雅致之物摆布在一起，也不易。"簪裾照耀，谁思箕岭一瓢；闾阖优游，堪笑商山四皓。"——好句子。

精神生活占起码一半，而且是重要的一半，所以要重视，在物质上不能实现的好的理想，先于此完成可也。以非凡笔墨，写寻常物件。开门揖盗、引狼入室、惹火烧身，是一个意思。

19：30到永安宾馆，文老正吃饭。文老希望建立自己的音韵体系。好的音韵在诗词吟唱，而不在戏剧比如京剧、昆曲。好蛋坏蛋，文老一吃便知，吃了坏蛋过敏，于是戏言自己可有一绰号"文验蛋"。

不建立坐标，数量的正负、大小，都是没法衡量的。坐标是可以移动的，一旦移动，正数可以成为负数，负数也可以成为正数。

8月10日　星期三　阴

9：30到美术馆，参加慈溪书画展。

师承关系很重要。学生选老师相对容易，而老师选学生则难。没有好的学生，艺术难以留传。有彼天才，人曰灵性。灵感有之，性感何为。收藏之乐趣，虽无大差异，但的确有高低次第之别。文物，需要精品，以稀为贵。文化，也需要精品，否则就是"文化垃圾"。垃圾，毕竟用处特狭窄。收藏走进三个流向，最为有利：当官的，有钱的，有名的。这三个流向，都不会冲击收藏市场，而且对名气的传播和发展，也更有利。

8月11日　星期四　阴

是日七月七，是中国的"情人节"。俗套，是可以束缚住人的，首先存在于精神上，然后发生作用于肉体上。牵线搭桥之事可为，但自己不必直接作桥，否则效率甚低，还会平添出一些不必要的麻烦来。

8：45过德胜门，堵车，又有警察堵气。12：10到食堂。12：30回办公室，小憩。14：00整理资料。16：30兀自独坐，看窗外灰蒙蒙天地一片，什么都不想干。18：00草成《文怀沙书法的收藏升值空间巨大》短文发于市场。20：25见许宏泉。看复刊之《边缘艺术》2005年第7期（见第142页许记1996他拿自己的画《碧落精庐图》去看王朝闻，王说："画得还可以，只是山腰上的房子那么大，按比例，山有多高？"这话似不应出于这位著名美学家之口）。又见徐聚一《艺术跟踪》第三期。

鲜花+《辞海》=形式+内容。简单的叠加，是没有意义的，必须是彻底的融合。有些人本来有点才气，但没有机遇，物质条件困顿，不得已而放弃艺术；有些人没有什么才气，但善于社会活动，出了名，有了物质基础，也慢慢搞出了名堂。俗人眼力不济，只能靠耳鉴，所以地位和名气有一时之逞。纵观历史，大英雄都累。吃粮食，种粮食，是生存的全部。

画画。1：00休息。

8月12日　星期五　雨阴

13：20到荣宝斋画院，见唐辉。聊到鲁美，老师受学生欢迎，就不受校方欢迎，没有发展前途；若不无正业，有前途。14：00参观画院，此地已具规模，教学活动具体，注意细节，所以"成事"。有临摹等教室，学员自己采集了蚂蚱、知了等标本。

画画，需要走过一个技进乎道的过程，如果把它看得太简单，或者看得太玄虚高深，都会走弯路。见性者，有真性情、有真天才，但也最为脆弱，类似与宝刀之刃。天才者，做学问易得之，但其思维的敏感性，势必受到社会的束缚与伦理的制约。

杯水能清，池水易浑，浑为淤泥，莲花生焉。

社会为大染缸，各色人等，混沌浮游，若成其事，必须斡旋其间。

"打击积极性"，是好事。积者，积累也；极者，穷尽也；积极者，接近尾声也——故"打击积极性"，其意义在于时刻警醒、鞭策，以期不断进步而不至于半途而废。

有追求是幸福之事。事之不得已而必须维持下去者，起先试图改变之，不能改变则试图适应之，不能适应则试图躲避之。自然不奇怪，奇怪的是人觉得自然奇怪而努力探索。

8月14日　星期日　阴

闷热桑拿天气。

13：50看CCTV10《百家讲坛》。有俗名，无实力，简直是小玩闹了，殊不如初期的水准。记得在与周汝昌先生谈中国传统文化的继承时，他对我说过："比起前辈大师来，我们已经是尾巴的尾巴了。"节目中间插进一些漫画解闷，幼儿园大班上课的水平，也像农村的科普讲座，有时简直莫名其妙。信息量太少，一堂课就两句车轱辘话。

什么是道？刚柔并济才是道，顺其自然才是道；偏执一端不是道，固执一隅不是道。一流的艺术，一定产生于一流的艺术家，一流的艺术家一定有着一流的艺术性的生活阅历和精神积累。

上世纪50年代逢战乱，60年代闹饥荒，70年代搞运动，80年代评职称分房子，90年代出书讲课，现在的中年学者很多欠缺必要的学术水准。新一代的学术和艺术大师，应该产生在70年代和80代生人之中，他们见的多，条件好，竞争激烈，大浪淘沙后出金子是必然的。

做俗了、媚俗了、入俗了，以为就有了观众，简直是低估观众的文化水平。降价了，也就不是名牌了，也就没人买了。

17：30文怀沙先生来电约到永安宾馆。有武术师晏征西，又有气功师，点击而电击之感，经络拉动肌肉，不由自主也，闭目而眼前有电波光环，不知何故，其手中玩耍一对大球重十斤。杭州篆刻家叶一苇出上联，文老对下联，成："旧时王谢遗雕筑，梦里蓬莱认故居"。18：20辞，至半路，王小京来电，说崔如琢先生约共餐，18：50到农展馆顺峰，文怀沙先生、《收藏界》高玉涛社长等在。文怀老说做文说话的有"王八派"和"鸡巴派"两种，不辨公母。一位哲人——"一位没辙的人"，文老有此戏称。

心地光明的人，是不怕人胡说八道的。

8月15日　星期一　阴

闷热。9：40到荣宝斋，参加李嘉存等画展。遇欧阳中石、杨少华、李金斗等。

13：10刘静来。谈到一个数学家写到数学与文学的关系。16：15巴黎音乐家高远来。16：40中国中医研究院刘艳骄博士来电，多年不见了，编辑《中医基础理论》，多有著述出版。当年单身宿舍生活，历历在目。身所动处，心竟爱莲。心所静处，处处蒲团。18：00窗外雷雨大作。1：00休。雨后始有凉意。

"阎王好见，小鬼难缠。"能成的事鼓捣鼓捣能不成了，不能成的事鼓捣鼓捣能成了。协调能力、组织能力，是学问文章的全部。有想不到的，也有做不到的。有永恒的利益，也有永恒的朋友。余心亦有"不平"二字，曰：不比较、不计较，平等心、平常心。

8月16日　星期二　阴雨

秋雨绵绵，以解连日桑拿天之苦。

8：50过奥体北门，路上有大车落下一大堆土，经雨成泥，车轧行，已波及安慧桥附近，估计不及时清理，会染及整个亚运村。"一块臭肉闹得满锅腥"，文明建设不可不慎。9：10读徐文治赠《新美域》，2005年2月刊有黄胄大师专题，不愧为天才的国画家，造型生动，意在笔先。12：00到食堂。窗外雨霏霏，耳边雨声声，梦中人惊醒梦中人，可悟即色即空之理。17：00阅《新美域》2005年8月刊，有溥儒专题，亦是一天才画家。大凡一流天才的画家，往往有一流的创作精力，遗留下大量的作品。17：00鲁宣在线，说天下大雨，于是有"湿身是小，淋病是大"之语，聪明。告之曰："有容乃大有错字，无欲而刚不可解。"19：50到SOHO。21：29文老来电，约异日一见并约月底去深圳画院事，与刘墨通话。23：10送孟青。听91.5FM有英文歌曲 *Bye Bye My Love*，其中"I feel I could die"之句，见青年人爱情受挫折后的感受。"此情可待成追忆，只是当时已惘然"，李商隐翁此句最见境界。23：40回黄寺。写仙鹤松树，是题材有点通俗，作好不易也。

回避等于加深了事实，不以为然。"人无廉耻，百事可为。"——可为？不可为？可不为？可为不？道在瓦甓，道在屎溺，是极而言之，虽大谬悠而至理在焉。疯狂之后是绝望，但还是不直接绝望的好。看破了，未必真那么办——知其不可为而为之，圣人都如此。远之不怨，近之不逊，有无相生，随缘自在。距离越远而越起恭敬之心，君子也。似无情，实大悲。是故，视大男人为小孩童，甚而惯其劣习，是为至淑女也，或亦堪当怀些菩萨心肠者。"上床萝卜下床姜，不用医生开药方"，萝卜通气也，姜生祛寒也。

"我这人不会说客气话"，这不只是一句寒暄客套话，而是预设的前提。毛毛虫想什么方法才能过江？变为蝴蝶。——但是，蝴蝶已不是毛毛虫，这样简单的偷换概念的问题，出现在很多议论中。天气晚来秋。秋高气爽，是最好的时光，也是最容易过去的时光。这正是我所需要的——虽然它未必是最好的东西。"我们好像回到了21世纪！""我们干吗非得回到21世纪啊？"

大前提荒唐，小结论更糊涂。

8月18日　星期四　晴

天朗气清。13∶00李文子与女性主义艺术家李虹来，14∶00去。李虹有《美丽生活》一书，文笔甚佳，有出入色空之意识。

凡事情者，始乱终净，境界乃大。在《文学上的折扣》一文中，鲁迅曾指出有些书"一不小心，就会给它教成后天的低能儿的"，人若不耻于作一个"后天的低能儿"，就没说的了；然单单有好的意愿而无实际的能力，也很可惜。小范围的无序，比如热力学中说的"布郎运动"，是允许的，但无论如何它也不能四溢出其所在的器皿。个体的不自由与局部的不合理，是为了维系集体的整体的秩序与公道。

17∶00整理资料。忽然想起1931年郁达夫游桐庐严子陵钓台时的诗《钓台题壁》，句云："不是樽前爱惜身，伴狂难免假成真。曾因酒醉鞭名马，生怕情多累美人。劫数东南天作孽，鸡鸣风雨海扬尘。悲歌痛哭终何补，义士纷纷说帝秦。" 此诗中名联"曾因酒醉鞭名马，生怕情多累美人"历来为人传诵，前半句尚真实，名马不必着鞭而知奋蹄，鞭即后悔；后半句则是假设的真实——那其实不是怕情多而累及"美人"，也不必有此自信，却是着实的最怕累及自己。本为虚幻的"伴狂"，一旦"假成真"，缘何不累？诗意，最适宜于诗人失意之时，其志气与情绪满怀也；故诗之实意，当从此中释疑与拾遗，否则易失宜而无实益。

17∶50离办公室。18∶10回黄寺。今夕何夕，有月如斯。如斯皎洁，亮眸如伊。伊人一顾，引余好思。我思所游，心可知之。

8月19日　星期五　晴　北京　富阳

15:50到杭州萧山机场，阴。李嘉存兄来电，正在杭州排戏。17:00到富春江边，在春江月酒家吃饭，吃农家菜、富春江鱼。眼前所见，了无当年黄公望《富春山居图》之景物。与刘墨在江边留影。刘墨说，黄公望如果活着，一定改画油画了。18:20到富阳宾馆6017宿下。18:30何首巫来电。18:40与刘墨踱步富阳街道，买消火片一盒。小城生活幽静，故事多必然。至南门江边，有茶楼，波光灯影，惜无秦淮风韵，即便秦淮，而今多有商业气而无古雅气，亦无情无怀矣。

过于热情，有让人不自在，不自然之故。居城宜小，名气宜大。

19:00登鹳山，壁刻有吴均《与朱元思书》，"从流飘荡，任意东西"，"鸢飞戾天者，望峰息心；经纶世务者，窥谷忘反"，皆好句。结尾"横柯上蔽，在昼犹昏；疏条交映，有时见日"则戛然而止。山上有郁达夫故居。

19:20下山，有蝈蝈鸣声如蝉似雀。南方城市，风物甚佳，宜乎其多出文人也。19:30出门，见有"其昌画廊"，进，识书家徐相忠，坐下喝茶，赏其藏沈曾植四屏、马一浮诗札及沈尹默墨迹。沈书晚岁眼拙，手笔尚能准确无误，功力自是非凡。马书则纯出己心，不以炫技为能。1:35休。

大凡见性之作，他人必所难及也。写文须有话外音。试问情为何物，直叫人生死相许。男女之间的爱与性的吸引，竟然可作超越阴阳的力量，不亦伟哉。畸人或许能与他所感知的世界进行交流，他人则以为精神病或癫狂痴傻之人，究竟莫名其妙。

8月20日　星期六　阴　富阳　桐庐　杭州

8：00起，8：30早餐。9：00回房看美国科幻战斗片。10：40到龙门古镇，据说是孙权故里，也的确有孙氏宗祠。"千古江山，英雄无觅，孙仲谋处。舞榭歌台，风流总被，雨打风吹去。斜阳草树，寻常巷陌，人道寄奴曾住。"这里随便一个方向看去，都可以入画。屋角飞扬，蕉竹甚高。人家墙壁上有当年书写的语句。砖上又有班驳的痕迹，似饕餮纹路。巷内户户屋檐相接，下雨穿行其间，不遭雨淋。有"义门"牌楼，乡人上午11点即吃午饭，悠闲舒坦，这里不知发生过多少故事。借厕一用，慷允，其民风淳朴。11：30穿行稻田，至龙门客栈，吃土鸡南瓜等物，饮米酒，醺然。余躺于石凳，听林间鸡鸣，看大小两狗追逐嬉戏。刘墨穿竹林，自己拍照画材。13：00出发奔桐庐。吴均《与朱元思书》里所描述的"自富阳至桐庐，一百许里，奇山异水，天下独绝"的景象，今荡然无存了。高速正在修理。13：50过新安江大桥，到桐庐宾馆。与刘墨出，欲寻钱君陶艺术馆，问人皆不知，以为不学文化，后知乃在桐乡，两地尚有百里。过圆通寺。小城车辆轰鸣而过，无幽静之趣。14：30回宾馆捏脚休息。与左晋通话，拟晚宿杭州。15：30离桐庐。16：00过葡萄园，大嚼数串。有蚊子黑身白腿，甚威猛，又见大黑蝴蝶，舞动野花间。田设有网壁，麻雀、蝴蝶、飞虫等不慎则死于其上。16：40离葡萄园。16：50美术馆陈履生来电。17：00回春江花园蒋宅。壁上有冯其庸与范曾先生字。窗外为富春江，风物惬意，坐摇椅，看《浮生六记》。18：00参观华宝斋，有手工制纸，捞纸浆厚薄适度，需手感经验。旁侧正修建蒋放年先生纪念塔，前去三拜，待竣工后再来拜祭。18：40又在春江月酒家吃饭。眼前富春，曾游古人，我徒独立，不知古人所见富春江是何等模样。19：30出发奔杭州。20：10到杭州，宿黄龙饭店。李文子通话，说从北京来杭州，甚巧。21：40到断桥，看西湖荷花、水波，惜无月色。"最是婉约西湖，苏白堤畔荷舞，试问天上人间，谁堪此情独处。"23：20到华侨饭店，面湖，聊。0：10回黄龙饭店。行于当行，止于当止，自然而已。行于不当行，止于不当止，又一境界也。

8月21日　星期日　阴　杭州　北京

7：50起，8：30早餐，10：00离宾馆。10：30与刘墨游灵隐寺。记得大殿侧对联一云："立定脚跟，背后山头飞不去；执持手印，眼前佛面即如来。"寺内游人摩肩接踵，香火特炽。引香人亦甚多，利益而已。与刘墨互相留影。过石刻尊者像，随意数起，至自己年岁，其面貌恰与己相类，亦奇矣。余遇第191为罗句尊者。又赏得展览之明清字画。12：00出寺，买丝巾等物。

"看好了"，在这样的提醒下，你的注意力已经被分散，声东击西，魔术者已然暗渡陈仓了。用毛笔、钢笔与电脑，其写作的工具不同，竟然能影响文风。习惯固然，但思路亦因材而异。电脑写作因为存储、修改等方便，逻辑易缜密，语句也易精审简练。

14：15与刘墨到苏堤，进花港观鱼，人比鱼多。南方园林，草木丰茂，以曲为造园景之技巧，而欧西园林则以直阔为上，气象自有差别。14：50到马一浮纪念馆。面湖而居，远处山影为屏。忽想起那晚在"其昌画廊"读到的壬辰年（1952年）马一浮写给少滨先生的诗句，有云："白首相逢重晚情，一年佳节是清明。东风吹遍西湖路，日日披花拂柳行。"正斯景物与感想也。

惜正在装修不得一观，徘徊庭院。两侧有百年广玉兰，摘得一叶，藏之书包。15：00走苏堤。15：30进章太炎纪念馆。国学真泰斗，革命大文章，的确非凡。章氏书法独绝，篆书最精。有《还》、《吴其为沼乎》诸作。"吴其为沼乎"，见出太炎先生对待外侵的愤慨。典出小越灭大吴的故事。"昔伍子胥曰：'越十年生聚，十年教训，二十年之外，吴其为沼乎！'夫差自恃强大，闻此邈然，是以诛子胥而无备越之心，至于临败悔之，岂有及乎？越小于吴，尚为吴祸，况其强大者邪？"（可见十三经之《春秋左传》及南朝宋裴松之《裴注三国志》卷下、清人严可均辑《全三国文》卷六十五等）与刘墨拜太炎先生墓，绕行一圈，旁侧有章夫人汤国黎墓。又拜谒张苍水祠。16：00过苏东坡纪念馆，名字为苏步青题写。16：15去俞曲愿墓。小径通幽。绕墓一圈，献枝叶一枚。旁有法相巷，名甚有理路然。

见性之人，自是通才。随处即景，或感有西欧城市气色。16：30与左晋通话。与冯喜通话交流。尝有云："人生之大不幸，是在西湖美景边跟一些不倾心的人瞎逛。"信然。

16：45到假日酒店见左晋，出发去开发区。17：00过钱塘江大桥。17：07到杭州国家动画产业基地，据说政策特宽松。到左晋办公室，小憩。18：15到下面江南店吃面、喝粥。讨论动画产业事业。文化，需要产业化，要迅速发展，需要介入产业。19：30出发去萧山机场，20：00到，蒋黎明带女儿在等票。买山核桃、莲藕粉等物，价甚昂，机场都如此，乃国内奸商之恶习也。只要有钱，登机不论好人或坏人，而机器之运转如何，亦不依赖好人或坏人的个人的意愿。0：30回黄寺。舌火仍未消，吃牛黄清胃两丸两颗。稍整东西。

精英的背后，常有人格的缺失，亦古来不能两全的事情。

"我知道你在跟我开玩笑"——狡猾的人以此来解嘲。单纯的元素，来最后组合成复杂的内容。吃饭即此理，五味不能同时入口，但可以分头入胃。

8月22日　星期一　阴

22:00独步王府井，过教堂，重读"庇民大德包中外；尚父宏勋冠古今"，心舒泰亦以自砺。家父母亲信天主教，我名"宏勋"出此。

曾几何时，被骂的狗血喷头的狗屎不值的人，后来俨然又成了座上宾。"用的着朝前，用不着朝后"、"只有永恒的利益，没有永恒的朋友"，这些，都是正常的世态人情。所谓炎凉，正如夏热秋凉，也属于自然的道理。

8月23日　星期二　阴

10:10与《深圳特区报》侯军兄通话相告。10:20刘梦溪先生来电。11:30刘波来，云范先生前日出发已去巴黎。16:50到永安宾馆见文怀沙先生。百卷本《隋唐文明》出版，编辑委员会有范曾先生及邵盈午、何首巫、崔自默等名列内。18:00请文老为韩建《走近书画家丛书》题写书名。并有启功书《论语》金版书序及《细说典故·序》。18:50到湘临天下，王秋风先生已为定桌。文思讲《008》的故事。

仁者近勇，仁者无忧，无当仁不让也。大丈夫当独挺寒柯，风骨凛凛。"知止而后有定；定而后能静；静而后能安；安而后能虑；虑而后能得。"——《大学》司马迁把孔子列进"世家"贵族，以称"至圣"。孔夫子云"五十学《易》，可无大过"，《易》之精髓，变通随机而已。

"实事求是"——就是绕开写着"实事求是"的石头走，适石求驶，即是适时求实、视事求实之辩证态度，否则脑子一根筋，撞上去总不是好事。男女为孩子而结婚，而不是为父母而结婚。孩子既是爱情的结晶，又是性欲的证据。

21:00回永安宾馆文化沙龙。听文老吟唱诗词。文老会音，明日可有实继者？22:00辞。明日将赴深圳。唱歌不能只以口唱声，重要的是以心畅情也。"君生我未生，我生君已老。君恨我生迟，我恨君生早。恨不生同时，日日与君好。"唐人此等诗句最见真情意。语句虽重复，但更有韵律，可以谱曲传唱。清人袁子才有"我口所欲言，已出古人口。我手所欲书，已出古人手。不生古人前，偏生古人后"，淹博群书之言，亦有真情意在焉。恨之情，最有意味，乃至情所至者，若唐人张籍"还君明珠双泪垂，恨不相逢未嫁时"之句，最缠绵婉约、辗转悱恻。

22:20到五塔寺真觉苑送《和而不同》一纸，看石刻，多有碑文，为燕京地区所出土者，何许风华，转眼尘烟，惟余此物不朽，给后人看。

"亥时已过，意犹未尽，从寺中出，复携邕行至香山，四下宁寂，松间有月朦胧，望峰顶如龙脊，灯火数点明灭。转至空地，月竟出，光华如水铺地，适时也，正可言古今之大情，至若不可禁然不得不禁者，乃悟己身之渺小，人事之必有大悲怀。于是茫然太息，而后复思奇士扬眉，从心所欲，畅此一生而已矣。"此等境界，当一实际经验，乃可品味得之。"长恨此身非我有，何时忘却营营"，苏轼《临江仙》此句，最宜细思，"营营"者何？事业？道德？文章？兴趣？

2:15归，欲作画，然画鹤成鸭，竟四纸未成，身心俱累矣，乃休。

8月24日　星期三　阴

人心有波澜，世路常曲折。

16：00到中国现代文学馆见周明，取《文艺报》。17：30为保利拍卖黄胄《丰收图》写评述文一篇，并整理资料。20：40回黄寺，翻检箱中字画。

大浪漫需要大牺牲，如果有机会来经历一个大浪漫的时候，很多人不会认识到、意识到，于是躲避、萎缩，没有这样的勇气也没有这样的实力来经历它。正如面对一座高峰，攀登的心愿不难拥有，但实际的行动却不敢轻为。实践者重，旁观者轻。说来容易做来难，人们希望浪漫，待浪漫到了身边，却犹豫彷徨地与之失之交臂。

8月25日　星期四　云　北京　深圳

什么是"直"？父亲偷了羊儿子直接告发行么？不行。孔子曰"父为子隐，子为父隐。直在其中矣"《论语·子路第十三》，这种"直"是异乎常人俗见的，是委曲求全的方法，如果不能圆融，直而坏事，有何益哉？如此，是不是就没有是非标准了呢？非也。是非之判断，哪里是那么简单。

为长者隐、为师者讳，当是一种美德，也是"君子成人之美"的实例之一。记得听到老师说画画不打一笔炭稿，又看到老师在宣纸上用铅笔画的稿线，于是私下把铅笔线擦掉，既不让外人看到以生疑，也不让老师知道以难堪。"鱼儿总比渔民起得早"，这话有意思。

9：30整理前日与文怀沙先生时的录音，并黄金版《论语》序及《细说典故》序。11：00保利拍卖李达来电，联系送画上拍。12：50与刘墨出发奔机场。13：20到，候机，谈黄宾虹、林散之等字画。15：20起飞。与刘墨聊。广播员有口音。"支持"误听为"指疵"，亦妙。

本色有时是优点，有时却是弱点，要修炼到没有脾气，才好。所谓百炼钢成绕指柔，是也。大画家作画，有编织情节的能力，空间造型感即是其一。画面题字，位置随意却不影响整体者，并不多见，如此书法，本身轻重有度，在空间造型，而非仅视为平面之物。

用笔用墨的习惯，影响到绘画的风格。自以为高明而妄言者，往往受挫。《芥子园画谱》，学而不出，难称大家；然不知其为何物，为不学无术，亦难成大家。概念的分类，有相对性：因地域、时间、人物之不同而不同。"东向而望，不见西墙"。事之成，必得其人，即遇其人，又限于时间、精力之故，不能完全也。倘以待来人，又不知取何路径矣。

18：20到深圳，云：13年重来，"君心似我心，我心常伴君"。罗汉诚来接。21：20到侯军宅一看。22：20与侯军到景轩酒店见文怀沙先生。0：30睡下。梦鱼来，云石榴为二度开，有恐病而未行也。

向群体学习，向未来学习，是智慧。

8月26日　星期五　雨　深圳

情之所在，有理存焉，故知合情者，亦当合理——此余打破情理之界限。

10：45张卫海来，见文老。11：40王樽到。12：10魏杰弟魏均到。13：10回宾馆。文老说这宾馆好，手能摸着屋顶，若能拔出两根稻草就更好了，能提醒人想到"茅屋"，领会杜甫"安得广厦千万间，大庇天下寒士俱欢颜"的忧思。13：55转至五洲宾馆。电梯外草地有草植成"Welcome"，若成"慎独"二字，则更有品位。窗外空远景色佳，独居套间觉其奢侈。15：40到荔齐书画院（书画院名为文怀老所命，是八个木字，上下各四个，出于汉赋，音"齐"，故此以齐代之）。与刘墨合作丈六荔齐图，先作框架结构，待杨力舟、王迎春等其他画家继续足成。侯军带特区报记者安装智来采访文老。17：20离书画院。18：00杨力舟、王迎春、戴士和、潘嘉俊、刘建、骆文冠等在。19：40结束，大家去画院补笔。20：30回五洲。读《深圳特区报》有转8月15日戴逸谈学术大师的几个标准：学问上博大精深；创造性的思想贡献；桃李满天下，有其影响；学问好，道德也要高。

品味生活既深，便可找到艺术的规律。若无一事在心头，天天便是好光景。人总感觉有些光景是似见过、经历过，其实很多是在电视里、梦里见过的画面，或者阅读时脑子里留下的意象。说像花，必非花；说不像花，却是真花——言外意在也。

追贼之道，不追不行，追上也不行，此策略也。作家可穷，学者不可穷。作家穷而思想出，作诗亦更工；学者若穷，则无阅历、无收藏、无见识、无眼界。

"放屁高墙上，缘何它不倒？那边也有诗，把它挡住了。"此题讽墙上打油诗作，甚妙。

既然是两物，一定有区别，不是不能比，比之无意义。很多比较的研究，倘若不落实到实际问题的解决，是没有意义的。

信息心语，以喜情写悲，更觉其悲。心虽能至，身不得已，终不能畅情，奈何。

8月27 星期六　阴　深圳

8：40与刘墨散步，不意踩死一大蜗牛，只是便宜了蚂蚁，心觉愧疚，佛号一声。

抬头看路，近处疏忽，便有错出。眼光有多远，才可能走多远，当然与所选择的路径有关。

9：30出发去梅林文化公园。深圳25周年纪念，书画院开业庆典，甚隆重。文怀沙先生讲话，说用八个木的齐音字不是为了卖弄，而是让被认为是文化沙漠的深圳人可以作外来人的一字之师。12：40离梅林。12：50到五洲长江厅。14：00回房间小憩。17：00到侯军宅。听京戏，品尝当年罗卡（上山下介字）横塔顶野山茶，又大红袍，赏侯悦斯剪纸。18：30到对面西湖春天吃饭。包间有最低消费的说法，很不合理。与侯兄谈到近来的"超女"现象，文化市场虽然竞争激烈，但游戏规则日趋成熟，特殊的现象有特殊的原因。你不喜欢，我们喜欢，这是年轻人的话语，应该重视不同年龄不同层面的消费者的心理和兴奋点。再比如国外的大选，广大民众与政治无关，只是这个事情为民众提供了一个集体大娱乐的机会而已，在队伍莫名其妙地跟着走而发泄自己情绪的人多的是。

"时时多在意，深恐漏消息。不得渠音讯，更添无数思。"——候消息题于梅林哪里存在绝对呢？只能在相对中获得，否则，在追问中继续不断地失去，惟得遗憾耳。

让猫吃辣椒，硬往嘴里塞是强盗，裹上糖让它吃又是欺骗，把辣椒抹在它的屁股上让它自己一口口舔吃进去，更是辣招。

很多人在手机上可以胡说八道，但见面时则膃腆严肃，反之亦然，这都是知行不能合一的佳例。

8月28星期日　阴　深圳　北京

9：15到画院。杨力舟、王迎春继续补画荔枝。9：35文怀沙先生到。为陈亚凯画蛙荷题《优游图》。11：00二楼与文老、马新伦等聊，看文老跳舞。12：00辞书画院，出发去机场。17：00到京，杨超来接。北京闷雾锁天，毫无秋来爽朗之意。

做学问的三个层次：一，安身立命，精神寄托；二，为稻粱谋，蹉跎岁月；三，欺世盗名，混淆视听。此中第一价值为正数，第二价值为零，第三价值为负数。一等之人，往往行匪夷所思之事，故遇之不可踌躇，大胆而为，机会失而难以复得，留下遗憾，均徒呼奈何也。

8月29星期一　阴

皇帝三宫六院，日无闲时，身心俱损，命多早亡，孔夫子所云"逝者如斯，不舍昼夜"，可为一注脚。

9：10到办公室。整理资料。得葛世全信札，有诗一首云："无言居士墨痕新，羽鹤丹青最可人。晓梦庄周随蝶远，荷荷常与物为春"。乃和之云："所思惟在日能新，莫怪无心做学人。纸上行来难致远，何如脚健步长春。" 17：40到崔如琢先生宅。看崔先生近作山水及荷花。又得观八大山人六尺长幅山水，及黄宾虹、李可染山水。得赠上海人美近出《徐悲鸿精品集》，内中很多作品为首发。

从艺之路，开始须走正确，不然难以为继。背道而驰者，致远必泥。笔墨追求，便是文化追求，那是一个没有极限的境界。李可染山水很独到，有重量感，为河山立碑，靠了素描关系达到这种画面的空间效果。黄宾虹山水浑厚华滋，一派氤氲，靠笔墨关系来实现自然气象。对于中国画，笔墨才是最经看的，而效果则是暂时的；用笔墨关系来表现画面效果，是高明的，也是难能的。好的笔墨，既有情趣，又有道理，是笔墨写随意出来的，但确实有画面的视觉效果。

20：00到亚运村，约《大众电影》张扬在千锅居共餐，小饮。

谓之"礼"者，以理之也，苟不理之，何礼之有？"江波犹涌憾，林霭欲翻愁"，永乐二十一年（1423年）建文帝游汉阳登晴川楼有此句。"锡杖来游岁月深，山云水月傍闲吟。尘心消尽无些子，不受人间物色侵"，宣德二年（1427年）建文帝在四川永庆寺题诗。尘心倘使能消尽，世上何来愿怨声？

人生旅途至于转弯处，遇有暗香浮动，趋避之间，有吉凶焉。尝云"最恨月黑风高夜"，因其不爽朗也。余则曰"最惊皓月中天"，内心非猥琐阴暗也，乃惧辜负此一片大好风月。

8月30 星期二　阴

9：20律师乔占祥来电，谈网络信息的大市场。9：40开信箱，得文子引罗隐《自遣》诗："得即高歌失即休，多愁多恨亦悠悠。今朝有酒今朝醉，明日愁来明日愁。"以为共勉，又引董竹君《我的一个世纪》中语："我从不因误解改变初衷，我从不因坎坷抱怨命运，我亦不因年迈放慢脚步。""字杳人飘渺，烟思无数，人到字离骚，别来三五"，文子有此好句。

人生有了"够意思的哥们儿"的鼓励与鞭策，才觉得有了继续努力前行的必要和力量。人给自己设置了很多障碍与束缚，本来可以作为人性的个体的舒服的日子，因此而减少。倘若能完全的知行合一，在行动上开始脑子里的行为，那也很可怕。大的浪漫，一定需要大的牺牲。严肃自己的行为，也许是一种别致的浪漫。人能拥有的时间和空间毕竟狭小，而只能靠精神来开拓。

得石家庄刘路军信，云参加杭州西泠印社的首届艺术节篆刻展得提名奖，为之高兴。刘为我高中同学，也喜篆刻，家里还藏着我多年前的山水画，都是小玩意，将迁新居，我会画大的、好的给他。在艺术上、在生活上，只要有目标，就是幸福的；只要能坚持下去，就会不断趋近目标，就有了成果、成就、成功。

11：00上网，见7月3日《海南日报》有张咏写的"我正在读的书"，提到我的《为道日损》，说："《为道日损》从八大的笔墨符号入手，以深思的笔触来探究其恭敬精审的绘画，'浑无斧凿痕'、'无画处皆成妙境'、'笔不周而意周'，简净凝练的标题作出了精确到位的概括。全书二十六万言，既是就八大绘画的美感与魅力作一剖析解读，也对中国近现代的美术史进行了重新考量。书中另附有数十幅八大书画及印鉴作品，印制精美雅洁，感觉厚重沉稳，新见迭出。"可见作者是一内行的有心人。15：00回办公室。21：10到吴欢宅。壁上有台静农丙寅年（1986年）写给吴祖光新凤霞的对联，词曰："书以功深能跋扈，画惟兴到见纷披。"又有钱瘦铁书赠吴新伉俪的对联，句用孙过庭《书谱》："绛树青琴，殊姿共艳；隋珠和璧，异质同妍。" 吴欢示其工笔草虫，为来者写字，赠《故宫尘梦录》。

二○○五年九月

9月1日　星期四　晴而不朗

21：30到演员李嘉存宅。嘉存喝茶量甚大，家里有二十斤茶，都不叫有茶，说一日不喝茶，脑子就犯糊涂。嘉存喜欢一幅对联，词曰："盖坐茅屋留客住，开条大路与人行。"嘉存讲故事。成事需要和谐，演出时琴师不配合，没法唱。有的人蔫坏，专门夸你的弱点，你哪里不对他就说对。"在混沌里放出光明"，自己没有主见，就完了。"不图一时乱拍手，只求他日暗点头"，嘉存兄欣赏这种通俗而有真义的格言。很多好东西、事情、人物，是与你没有什么关系的。《易》云同气相求，以论平常事物，心中所知愈多，则随时寓目者皆可与交流，其知音必不寡矣。余画鹤一只，出乎意料，嘉存补三只八哥于松树上，不知如何命名。此作可谓逸品，有禅意，留待文怀沙先生题字可也。嘉存刚得兰花四盆，说是兰花娇气、高贵，它死了也要说"走了"。本来想给我一盆，湿度、温度、阳光、空气等条件怕不足，辞。

未来的很多可能性，需要预见到，否则，浪漫的故事会被很多琐碎的矛盾改变。"木秀于林，风必摧之；堆出于岸，流必湍之；行高于人，众必非之。"（集部·总集类《全三国文》卷四十三·魏四十三，清严可均辑）另："木秀于林，风必先折，奈何彼天，祸此明哲？""木秀于林，惊飚击射，人才高代，幽明见欺。"（史部·别杂史，《唐代墓志汇编》）此论，与韩愈《原毁》"事修而谤兴，德高而毁来。呜呼！士之处此世，而望名誉之光，道德之行，难已"之说，理一也。原道、原毁、原性、原人、原鬼，道理最大。聪明人知道应该顺应天意、不违时势，所以能出入自由，达观对待，遇到如意的事坦然接受，碰到不如意的事也不怨天尤人，因为不管你自己的态度如何，道理是不会改变的，事情是不能逆料的。天下惟独道理最大，对待道理的态度，必须是处之泰然而自然而然。志士仁人，既然知道"木秀于林，风必摧之"的道理，却仍然铤而走险，甚至碰破了头也在所不惜，其原因，就是有要成就一番功名的理想存在着，追逐功名与富贵，是社会中人不得已的事情。子夏说，"死生有命，富贵在天"，人算不如天算，很多事情是固然如此的。因为害怕吉凶难卜，就踌躇犹豫，彷徨狐疑，最后是成不了事的。名与命、得与失、荣与辱，何去何从，必须做出决定。

1：30回黄寺。

9月2日　星期五　晴　薄云

艺术是什么？难以回答。艺术不是什么？似乎也不易回答。"爱"是什么？不易回答。但是爱的表现形式，比如精力、热情、关心等等，可以从侧面来解释爱。

9：50出发去展览中心看第12届北京国际图书博览会。书展，让人看到学到很多东西，也极打击人的出书与读书欲望。17：20到张志欣宅，张天漫等在。天漫说前两天给巴黎的朱德群通话，老画家说国内有编词典的人，给他打电话说交钱入编，老先生不同意，来电说你这么大岁数了留钱干什么，老先生特生气。张志欣父亲与黄胄为至交，黄在张家一住就月余，每天晚上画，一画有时就是几十张，画到深夜，并且速度极快，快的几分钟一张。

靠技巧而写，总有喜新厌旧的时候，要发自心性，方能持久。黄胄画画不假思索，造型靠感觉，来自生活，技巧是实战出来的。即便人物，画脸和手也神速，画衣服饰物等更是一挥而就，至于画驴子更是不到一分钟，所以，即便丈二的巨幅，一天之内准完成，一般二三个小时足矣。黄胄是当之无愧的人物画大师。看了黄胄的画，让一般画家无地自容、无从下笔，他的画能复杂、难度大，气势恢弘，气韵生动。让人看了望而生畏的画家，一定是大师，比如黄胄；让人看了觉得画画是简单事，于是信心十足，这样的画家一定不够大师水准，比如某些号称大师的画家。

收藏需要远见和实力，总会觉得手里的钱不够用，在后悔声中一而再再而三地失去收藏的好时机。人在自己设置的障碍中彷徨、死去，有勇气有能力冲破之，说来容易做来难。即便语言的交流，与对传统的看法的交流，因为失读、误解，也几乎在刹那间与常态分手。

9月4日　星期日　晴

画勾金荷花，有富丽堂皇气，如何能保持清新雅致，值得探索。中国在近几十年中能出贵族么？大树底下好乘凉么？但是，靠山山倒，靠树树歪，发展自己是硬道理，靠谁都不如靠自己。还有，就是大树的阴影底下，长草容易，长大树就困难。在安静的背景中，更容易让人觉到来自周围尤其是自己的浮躁之气。

《易》讲三才——天、地、人，在此三者之上，还有"己"，在三和之上，还有"己和"，就是自己与自己的和谐，需要调整自己。《万象更新》——民俗的活力与生机，叠加在纯粹文化的上面，立即衍生出新色彩。弗洛伊德，以"性"的关系与符号特征来扭结很多现象，实际上，还是使用了哲学中普遍联系的原则。除了"性"之外，其实使用其他任何东西来作为引子来研究，也是可以的，只不过"性"字是最容易引发人思考和兴奋的线索罢了。

22：50回黄寺。作画。与妻聊。妻平日澹泊，乃深有悟性之人也。人生若有莫可奈何之事，何以处之，境由己造，见人之方法，更见人之本性。3：30休。以我之才力，攻画一艺有何难哉？然游戏人生，有我所无能为力者。忘却营营，抛却责任，几如行尸走肉，又非我所愿也。

9月5日　星期一　云

人生不易，曲折，是为成功者准备的；对于一般的平凡人而言，是不知什么是曲折的。委曲求全，需要涵养，也是一种有时必然的选择。只要有理想，有目标，就走下去，你不会觉得疲累，你能坚持，因为你爱它。也正因为你能坚持地走下去，你的目的地一定是成功。事情都是人干的，也正因为是即便很普通的人的因素，影响了事情的最后结果，可以伟大，也可以渺小，可以浪漫，也可以无趣，但，存在即合理。要冲破人的因素，需要大的因果关系，不是俗常人的能力便所可接受的一般价值的牺牲。

20：30画画。作鹤蕉图一纸甚惬意，题曰"声闻于天"，又作蛙杨图题曰"独挺寒柯"，作荷鹤一纸题曰"殊姿共艳"。"六十余年妄学诗，工夫深处独心知。夜来一笑寒灯下，始是金丹换骨时。"（陆游《夜吟》）

9月6日　星期二　晴云

"他生未卜此生休"——李商隐咏杨贵妃，岂止一人，乃人类共同之大悲。道德就是幸福，权利就是责任，浪漫就是牺牲，这些定义需要反复阐释。现实主义与神秘主义，难以犁判：现实存在的所有东西，其本来原因是不知的，是神秘的；神秘的所在，只是对目前的知识所言，对于需要认识的东西，其一定有必然的规律性。积少成多，从量变到质变。知识对于很多人而言，是可以不断增加的，但能否实现质变，是未知的。

16：50为保利拍卖张大千《观音造像》写评文一篇。19：10到富成花园俱乐部吃饭。画画。3：30休。同时开很多窗口写东西，计算机竟然跟不上我的脑子，速度慢，可气。心可以为地狱，也可以为天堂。境由心造，事在人为。创造、欣赏、享受美，不易。人如花，花如梦，梦似真。花爱春，春去花落泪。天无私覆，地无私载，因其无私，乃成其大。人类的爱，应该是自私的还是博大的？

9月7日　星期三　阴

登台的未必是最合适的，内幕是不能告诉人的。

9：50到炎黄艺术馆参加桑吉仁谦"汉字过程艺术展"，书画家朱培尔、康建寨、侯素平、严谨等在。是日北京画院研修班汇报展，王明明、冯远来。遇人美雪梅、画家袁辉、南海岩，聊。10：00人美总编辑山水画大师程大利来电，说及《为道日损》一书，并约异日欣赏其山水新作。我有很多好的题目想写，但实在精力不够。10：10为桑吉仁谦书法展剪裁，殊感惭愧，这样一个重大的选题应该是更有分量的人来参加。

我们不能把自己想的太渺小，那样会感觉不到生活的乐趣；也同样不能把自己看得太重要，那样会时刻感到疲累不堪。如果能选择更科学的判断的话，也许会使我们摆脱非彼即此的尴尬。在生死的两极，很多东西不值得认真，即便你认为有价值的思考，也会阻挡并放慢你走向快乐前程的步伐。这是一种智慧，也是一种类似麻木的所谓的愚行，它们之间的距离是那么的小，就与男女本性有所差别但实质上却都是人一样。

对于婚姻生活之外的所谓浪漫的追逐，想的太简单或者太隆重，都失之幼稚。如果通过自己的实践而得到一个荒唐的结局，那对于个人而言，也许是判断失误的问题，可是如果在恐慌判断失误中失去机会，则是对整个人类是有情之物的莫大的讽刺。时间会磨灭一切，在时间这个无情的存在面前，一切的踟蹰彷徨犹豫狐疑，都显得那么的无聊。很多事情莫名其妙，我不愿多想，更不愿在闹闹哄哄中老去。

19：30回黄寺。与儿在楼下草地边捉蛐蛐，儿子不敢下手。捉蛐蛐需手灵活轻便，下手不可重，否则会伤及蛐蛐。20：20上楼，儿子特兴奋，不眠。画画。0：00休。看电视磨墨用一小时，研墨的好处在于画面厚重干净，墨汁则邋遢而无鲜活气。作画六纸，其一为描金荷花人物仙鹤图。

9月8日　星期四　晴云

10：40韩建来取资料。11：15社科院李万生来。11：50京剧院张建国来电约晚见。与《中华英才》王卫华联系。有的人不是能讲，是肚子里东西很多，自然外露。

0：20回黄寺。妻言及莲花玉饰，以为命运联系，黯然神伤。觉身心疲惫，乃悟舍身取义之境遇之原由。1：30休。最惨烈的痛苦，不是发生在身体上，一定是存在于精神和心理上的。创作的欲望，靠烟和酒之类来刺激，是浅层次的，而精神的心理的内动力，才是最巨大而深远的。京剧好不了，也完不了。因为京剧是国粹，是高明的艺术，但曲高和寡，而现代社会有更多的可以替代的艺术欣赏形式。

觉、知、识、见、解、决，面对选择，"决"而"定"，乃命性也。遭遇选择，平地起波澜，是人生的一种痛苦。之所以遭遇选择，是人性欲望使然。不能离开和不愿放弃，在必须决定的十字路口，人宁愿放弃选择以及随之而来的痛苦。人生的选择，总是在相对的平衡中完成的，没有绝对的平衡与失衡。天平的失衡，一定是同时存在于两个方面：此一方重，是因为彼一方轻；此一方轻，是因为彼一方重。

9月9日　星期五　晴云

10：40王成刚来电，说明日在大会堂文怀沙先生主编百卷本《隋唐文明》首发式事。11：30为华宝斋中秋节"千里共婵娟"诗词音乐雅集改策划书并开列嘉宾名单。12：10到食堂，遇骆芃芃，12：30到篆刻中心一坐。12：50赵权利来办公室。

说真相之所以要出大事，可见真相的力量。虚假，则无论如何没有这种力量。"青青子衿，悠悠我心，但为君故，沈吟至今"，"呦呦鹿鸣，食野之苹。我有嘉宾，鼓瑟吹笙"，曹操此等诗句，其非英雄气短，乃在于有情之障也。言不逮意，言不尽意，不交流即有误解的可能，继续交流就有更加误解的可能。

9月10日　星期六　阴

10：00到人民大会堂参加文怀沙先生主编的《隋唐文明》首

发式。张文台、申万胜、翟泰丰、何首巫、徐嬿婷、罗汉成、蒋黎明、张克等朋友在。文老讲话，声音洪亮。慎终追远，敦风励俗。12∶30到保利大厦看拍卖作品，有林风眠、吴冠中作品甚多，徐悲鸿油画人物大作一，黄宾虹作品有一甚精者。14∶00到日坛公园。时代画廊喝普洱茶。见启功山水小画及配对章草临书，甚精。又见林散之草书刘禹锡《秋日》诗："自古逢秋多寂寥，我言秋日胜春朝。晴空一鹤排云上，便引诗情到碧霄。"15∶00到许化迟和平艺苑小坐。15∶30到池边看荷花。

一池的荷花，荷花、荷叶、荷梗、莲蓬，高低、远近，错落、参差，阴阳、向背，如何在画面上表达，是一问题。造型与颜色，有助于在画面上再现着真实。

16∶40到红庙北里周汝昌先生宅，久不见了，先生米寿，精神矍铄，殊可喜也。谈到我的著作《为道日损》，谈到周先生"一言以蔽之，曰'思'"，又谈到王国维的"有我之境"与"无我之境"，先生问及王氏为什么把前后把"境界"与"意境"混用。周老耳朵不好，我凑近说话，他的唾沫有时粘到了我的脸上，我领会了"亲承謦欬"这个词的意义。他脸上始终洋溢着儿童般的天真，他虽然看不见，但能感受到我在录音。我说，没有绝对的"无我"，王维持的"大漠孤烟直，长河落日圆"，"大"、"直"与"长"、"圆"这样的形容词，本来就是主观的有我的判断，周老颔然。佛家的禅定与道家庄子所谓的"坐忘"，都是一种尽量接近无我的思维方式，也绝对不可能实现无我的境界。有我是绝对的，无我是相对的。

周汝昌先生"为芹辛苦"六十余年矣，难道一本《红楼梦》就有那么大的魅力么？不要那么简单地看，因为缘着这部不同寻常的著作，可以贯通中国文史哲的方方面面，尤其可以品味到儒家文人的处世精髓。《红楼梦》不是简单的言情，其反叛精神，在于反叛假道学，反叛假仁假义，"假作真时真亦假"，就是这意思。"子贡问曰：'有一言而可以终身行之者乎？'子曰：'其恕乎！己所不欲，勿施于人。'"《论语》中记述的这句话，道出了"恕"——宽容的极其重要性，还从侧面透露出孔子教育学生时的谦虚，那是一种商量、切磋的而非武断的态度。今天能听到关于儒家关于"恕"字的解析，很有意义。以前我知道，但没有重视。

18：20到玫瑰园，有朋友在，喝松茸汤，取八尺纸。美人爱英雄，其物质为主乎？佳人爱才子，其精神为主乎？美人又佳人，其必需英雄与才子乎？画画。4：00眠。夜来梦荷，远近高低，入于毫端。

9月11日 星期日 阴

17：40到华宝斋取镜心卡纸。19：30参加许讲德从艺55年师生音乐会，有王颖二胡演奏。肩、肘、腕、手轻松而有余裕，柔中见刚，是有发展前途之兆。22：00与老牛议去敦煌事。

中国民乐，显现了一种轻松、自在、愉情、乐生的态度，那种简单的质朴的天籁，需要一种悠闲的心境来观照与视听。这里是时尚的天地。钻石的光华，必须用白金的素朴来包裹，否则，越是昂贵，也许越给人以距离。不在乎，乃无情；太在乎，多受累。

9月12日 星期一 阴

16：25侯军来电说侯悦斯北京语言大学已报到完毕，约晚上一聚。17：30到市长之家。周明、朱佩君、李健、张宏贵等在。

18：00到信和轩吃饭。财神爷据说是生在陕西周至。19：50到金源购物中心见侯军。20：10到万柳公寓侯悦斯的外语大学宿舍。有门不开，不方便新生入学整理物品，家长埋怨说北京怎么这么差。事都是人干的，人干不好事，影响整体的形象。21：00与侯军一家到黄寺。刻"寄荃斋主"一印赠侯兄，为演示荷花叶色墨交融法，侯军指示用笔要更大气、整体而不能琐碎。侯军为画作题款，字甚工雅。

"别无选择"是愚蠢的，智慧的表现是思考"选择"的意义。

9月13日 星期二 阴转晴云

7：50到传媒大学，为四年级学生讲当代文艺思潮，以书法切入。21：55回黄寺。金哲送枣仁安神液一箱来，可长用矣。

我们能做到的，是承前启后，而不是空前绝后。先天之觉，经过知识见解，最后落实于决定，即命中注定。

是日晴雨，秋高气爽。

9月14日 星期三 晴云

9：30赵博在线问对《易经》的看法，告之曰：《易经》之精神，是辩证法，是哲学，是认识自然规律的方法，是协调人与周围环境的方法，而不是迷信的依据。10：00开社委会，讨论评职称事。10：30骆芃芃来电约中午与侯军一聚。10：50收藏家陶薄吉先生来，出示黄宾虹画稿，曾给黄宾虹小女黄映佳过目，允为黄老真迹，又有龙瑞先生题签。余曾得观此七帧画稿原件，甚为精致，其一为草虫，其一为鸟的各种姿态，其余为山水。

19：25到长安大剧院看戏。演出挖掘剧目《百凉楼》，是朱元璋事。21：20出。京剧要推陈出新，化腐朽为神奇，起死回生不是简单的事情。节奏慢，没有悬念，也许是不利因素之一。23：40回黄寺。0：30休。

"我是你慈悲木筏，你做我恩爱木梯——慈悲筏济人出相思海；恩爱梯接我下离恨天。"虽词句或有不工，但真意隽永。

画卡纸扇面十数张。先以规矩出之，后以险要笔墨破之，乃有神来之笔，有奇趣，有意外之效，有现代感。发展客户，有消费群，价值得到认定，是市场经营中很重要的问题。人才是一大关键。"一日不见，如隔三秋"，此言好友相思之境界；"三秋不见，如隔一日"，此言好友交情之境界也。墙下花新事，再度言肌理。所力当前图，不复计得失。所私因有欲，愤不能休者。心系时时累，敢问命当奢。

9月16日　星期五　云

9：10到国管局见何长江，说及遴选所属饭店藏画出画集事。内有齐白石、黄宾虹、李苦禅、黄胄、吴冠中等大家之作。10：40给《中国新书》杨文增主编发付秀莹关于《为道日损》一书的评文。14：30发祝中秋信息与诸友。作家老村回"明月自东起，晴空默乃高"，藏"自默"之名于内，乃续成两句，云"欣逢老鹤舞，醉和村童谣"，有"老村"名在内。15：30收短信甚多，并上网处理邮件。信息时代，用在信息上的时光究竟太多了。

"后宫佳丽三千人"，"铁杵磨成绣花针"，对得奇。"海上生明月，天涯共此时。"心有所见，识有所变；内澄三定，四方皆净。云"相见不如怀念"或云"相见一如怀念"，"不如"不如"一如"。"相见一如不见"，理也对，但失之悲凉，消极太甚，不如胡来。胡来不如不来，由是可悟"不生不灭"。我心所累所苦者，惟在于不能践我所诺。"诺"者——为妄言之所苦者也。

16：30胡俊杰问动漫画，很复杂，是文化与产业结合的问题。把中国的动画搞上去，不是简单的事情，需要政府支持，还需要专业者敬业地工作。当然，要吸取外国比如美国日本动画的长处，分析它是如何吸引孩子们甚至大人的眼球的。只要是好看的，符合审美规律和心理活动的镜头，人都爱看。17：00独坐办公室，秋气与暮气盈然，忽感人在遇到最现实的问题时，一筹莫展的必然性。事在人为，所以关键时刻需要正逢其人，所谓"贵人"是也。19：30到华宝斋。董浩已在。崔如琢、王小京、黄宏、蒋刘瑜、徐洋、刘静、谭晓令、王颖、尹薇、骆苁苁、曾来德、刘墨、雒三桂、张继、张志和、付秀莹等来。23：00回黄寺。画画，4：30矣。

9月17日　星期六　晴云

12：50到五塔寺真觉苑。19：15到地中海餐吧吃意大利面。20：50到永安宾馆给文怀沙先生送月饼和酒。过汽车影院，比两年前景况已成规模矣。人生在最关键的时候，往往认识到真朋友的重要，也更清醒到知道，自助者多福。明月中天，岁岁年年，时光荏苒，所不可老者，其人心乎？22：45回黄寺。音乐声巨，竟闻凄苦之音。作画，觉疲。0：00饮酒半杯，眠。窗外秋风飒然。

9月18日　星期日　晴云

12：00开邮箱，回母校辛集中学寇彦敏的校庆资料函。上海施行先生虽未曾谋过面，确很有情谊，发来几篇文章，还从我网上下载了很多图片刻了盘，等我去上海一见。还给了我香港文联王一桃先生的电话。13：00为保利拍卖齐白石、钱松岩作品作介绍文两篇。15：10回黄寺。16：30到东院小院一走，有秋蚊叮人。谈事物的矛盾性与化解性。18：00到西院。儿近日玩火，筒中装可燃物，做为炸弹，用打火机点燃。在楼下垃圾筒侧满足儿子的好奇欲，告诉他火很神奇，也很危险。

　　人的伤感之语，往往属于一种普遍现象，而不是基于一己的小的情怀。好的存在，人是不会误读的，比如这天上的朗月，永远明亮，心理的黯然，只是暂时的，百年一旅而已。春风化雨，有干裂秋风之效。人的行为的差别，是固有的个性的差别使然，对于正确与否的判断，既有思维方法的认可问题，更有社会的伦理的道德的既有的传统的束缚的所在。鲁迅之所以说历史是"吃人"二字，大概也是基于一种反叛精神，是对社会的封建观念的抵抗。个人的力量是微弱的，在社会的群体的言论面前，谁能适度地挣脱之，便得到一些理想的东西。人的对现实的压力与痛苦的承当，达到一定的级别，可以安然泰然，似乎精神的麻木，甚而行为似乎有了堕落之感，但从道的境界看，这也是一个阶段和过程，亦不啻为一个生命的升华，那是人性智慧的欢歌。堕落与升华，是相对的，因为在宇宙的空间里，无所谓上下。

9月19日　星期一　阴

　　9：10为国管局所属友谊宾馆等所藏书画遴选入册。与张晓凌、梁江通话。本着书画鉴藏"真、精、新"的要求，综合考虑作品的经济价值、作品的艺术水准、作者的影响力、保存状况等几个标准，从2800多件现当代国画和书法作品中选出601件。17：00上网看资料。17：20回信给云南大姚县妙峰山德云寺释印严，前日得赠《佛教圣地妙峰山》一书。17：30与牛玉生联系去敦煌事，敦煌是圣地。圣地之旅，如曰如约。20：25与广外百万庄园见李娟。去年9月曾在魏公村的百万庄园吃饭，今又在百万庄园会面，偶然么？谈音乐学校高考前培训班，有大思路，已有成功经验，准备合作开办美术类。与王焕青、贺文庆通话。

9月20日　星期二　阴

天、地、人，作为"三才"，天与地，大家基本一样的情况下，人为最大。

11：00写文论齐白石《秋艳（蝴蝶）》，强调齐白石是当之无愧的中国画大师，在世界美术史上，他占有着极为重要的地位。可以相信，随着整个中国经济与文化市场的繁荣与进步，中国画的国际地位会与日俱隆，价格会与日俱增。齐白石，既有朴素的平民性，又有不凡的文人性，更有超前的现代性。平民性，使他能兢兢业业，在日益熟练的笔墨技法中，趋近于道的本真和心性的所在。文人性，显露在他绘画作品的传统意味上，他的画置诸整个美术史，立见其生面别开。现代性，是齐白石不为人注意的地方，他类乎简单的色彩与构成，却有着超前的绘画意识，与世界级的现代艺术大师们相比列，也毫无逊色。写实性与写意性，一直是美术欣赏时被议论和讨论的话题，对此的认可与认同度，反映在对中西美术和审美传统的区分上。其实，作为绘画，写实与写意这两个因素，一定是同时存在着的。没有绝对的写实，也没有绝对的写意。在写实与写意之间，开辟出一条为理论所不能辩驳的实践的道路，很有价值和启示意义，齐白石便是这样。齐白石走出了自己的道路，"似与不似之间"的主张，便是理想与现实、主观与客观、有我与无我相契合的方式，是娱己又娱人的审美追求。收藏齐白石画作的意义，大概不只是在经济价值一方面。欣赏齐白石的画，需要相应的背景知识和审美心态。也许在不了解他时，觉得有点"俗气"，但随着知识的全面与领悟力的深入，会发觉他的雅俗共赏境界，是很难实现的。再接下去，随着年龄的增大，会慢慢体会到齐白石那种浪漫的生活态度，以及对周围世界的天真的欣赏、积极的幻想、平和的心境，更是值得羡慕与追随。

"你的心是鱼，我真想是那片包容你的水域，不为约束，但求保护，能让你安全自由的来去。"此堪称情真意切。画需有笔有墨，笔墨一体，作一分为二之观而已。有笔无墨，或有墨无笔，最多只能得50分。书法家的成绩，有正分、零分和负分之区分。不知书法为何物，背道而驰，当然是负分，低于零分，而现代所谓的很多书法大师，虽然是正分，但也不够及格。"急不得"——急，不得。

19：40到东院理发。20：40回黄寺。妻最近读印度思想家奥修的文章，说理解了我，原来还存在有和我一样思维的人。奥修（1931—1990）是印度继泰戈尔之后出现的又一伟大的思想家。他有生存的智慧，毕业于印度沙加大学哲学系，曾获全印度辩论冠军，生前周游印度各地和世界各国，从事学术讲演，根据讲演整理出版了650余种图书。奥修的思想有两个显著特征：一是在提问和解答中诠释他的思想；二是反对过分依赖于理性(头脑)，提倡关注经验(心的体验过程)。在他看来现代人都是"问题中人"，而提问和解答是现代人的重要生存方式。他坚持人们要自己去体验真理，而不是从别人那里获得知识和信念。对经验的"体验"来源于人的静心，"静心"思想则既带有西方存在主义的烙印，又根植于东方神秘主义思想，尤其是中国的老庄思想。

说他"从未出生，从未死去，只是在1931年12月11日至1990年1月19日之间拜访了这个地球"，有意思。人们或许都是不懂发动机奥秘的投胎幻化为跛脚老马的哲学家。

21：30作画，以四尺对方大画荷花仙鹤一纸。大画需要整体谋划，气韵为上。0：30眠。秋风爽然。

9月21日　星期三　晴云

一合，二分，三散。"古今坦然，法尔如是。"（《祖堂集》）语言的力量，不是个人的发明，而是传统的集体的意思的认可。语言背后的意思，是自然的存在。单独的词汇作为回答，最易产生歧义与被误解。譬如"绝情"二字，是出于自己主观一方的意愿，还是埋怨对方的过错，需要辨别始得。不需辩解而认定，大概是矛盾的一大根源，存在于现实生活中，也存在于文化艺术领域的研究中。土壤，是生存的条件，没有土壤，无以培植。困难面前，最见素质。

11：40李领继来电说黑庄户地事，与张吕萍通话。12：10王焕青来，一起到食堂。17：35到现代城画廊。堵车憋尿，人生一苦。18：40到百万庄园见李娟，看三个学生的素描和水粉。21：30过香山脚下，22：55下山。东直门修路，堵车甚。0：45过安定门加油。0：55回黄寺。

"好啊"、"不容易"、"真是的"，这些词很有用。不说不行，多说无益。梦想是一生的富有。快乐是唯一的声音。"谁与吾归，把卣一饮。待看来年，有月如银。妄谈修道，夙缘至今。伏几一梦，超绝如新。"有山风过空地，冷彻于背，微咳，畏寒，归。听《神秘园》，悟冥冥中有不可逆料之因素，而人堕尘轮中，辗转冲突，竟终难以自拔，其间所不可战胜者，为自身为己心而已，不禁潸然。至中途辍行，反转心意，允继心灵之旅，人生道路，莫高于兹，然是时也，若复平静，正不止乎喜，犹添新愁，惟坚而持之，现而实之，他日定有所得焉。仰望天际，有皓月当空，秋气袭人，秋虫远近，高低脆鸣如泠碧。

9月22日　星期四　晴云　北京　上海

11：30出发去机场。10：30收文子邮件，其中"万语皆错，痛定革心"颇见禅心，与司空表圣"不着一字，尽得风流"之语弦外音和。13：30起飞。15：05到上海虹桥机场。阴天，凉爽，小李说昨天刚降大暴雨。16：10到上海，在宾馆为律师客户鉴定字画。看被水浸书画若干幅，有王一亭、高剑父、张大千、刘海粟、李可染、程十发的画。上海博物馆单国霖先生在。17：30一起到恒隆广场采蝶轩。18：20周明、朱佩君、汲晓天、刘静、黄薇、马明明和画家李蔷生、摄影家沙人文、澳洲企业家太平绅士杨志强等到。饮绍兴老酒，想起范曾先生"天岸谁鞭照夜白，人间我醉女儿红"之联语。21：25出，打车奔宝山区天馨花园家妹宅。22：00到，周克斌和妹在门口接。"五一"时他们曾去北京佛山公墓去为父母扫墓，而我有河南之行，未能同往。听妹说上月20日他们曾游西湖，当时曾一念想是否我在西湖游览，回上海看日记，果然。又本月20日曾想到我，发给我新手机号码和上海家中电话，下午看我日记，果然二日后即到上海。亲情血脉，有心灵感应，其信息联系之灵验竟能至乎此。妹新家为其亲手设计，两人能幸福，亦放心事。23：30辞，妹托为姥姥捎钱，过年都总也不回老家了。20：20与金立宇、陈芳到上海广灵一路上海外国语大学施行先生宅，先生为我制作照片光盘，又看施先生摄影作品。两老同志喜欢上网，态度积极，身心欢快如青年，可喜、可学。0：30到镇宁路酒店式公寓住，与李蕾生宿2001。1：30休。

"蓝斯登梯子原则"——爬上去弄脏梯子，爬下来时就很危险，与"定位效应"——人总是选择自己坐过的凳子，很有启发。善于从生活常识中发现规律、道理，是一法门。

人之有深情而不外露者，性格使然。人生聚散有缘，莫可奈何。

9月23日　星期五　阴转云　上海　北京

6：30起。看窗外林林总总之建筑，大上海大城市面貌固然，也让人生厌恶心。沐浴，复眠。9：40到1701周明先生室吃早点。11：00出发去东湖路7号大公馆沙逊厅吃饭。是地为八十年前建筑，为西方文艺复兴风格。大家在草地照相。"老坷拉"（old color），这句老上海的洋泾浜式语，不是简单的老色鬼的意思，而有复杂的意思，包括物质富裕的精神丰富的内容。14：00离。15：10上海图书馆参加杨志强"魅力大地·澳洲"摄影展。16：20与周明等湖南路附近一走，据说附近为赵丹故居。走累，16：30与吴为到波尔保健中心捏脚。服务生为江西女子，28岁已生三个孩子，又有刘、袁二氏。18：50与张铁林通话，云明日来上海，后日起连续三日与其他影视人有演唱会，惜失之交臂。19：05出发去机场。司机开车甚猛。19：30到机场，工作人员少，说累得要哭了，情绪不佳，服务态度自是一般。飞机晚点，自20：55延迟到23：05，等机疲累。此次来上海，为一败笔。

人知曰安之若素，但处于生命抉择得失相间之际，总有所不忍弃者。

9月24日　星期六　云

8：20到中国现代文学馆。9：00给首都企业家俱乐部将"艺术收藏与快乐人生"，董玉麟、郭丽娜在。说是文史讲座，但中国学问"文史哲"不分，还需具体表现。收藏，其实是收藏心境、朋友和培养生存态度。

现钱与价值，应该有所区分。实际价值与心理价值，距离更大。有些东西只对自己有价值。搞学问的应该是什么样子？瘦瘦的、黑黑的、白头发？很多富态的人，不像搞学问的，但因为触及到生命的本质，见多识广，有大学问。似远实近，当近却远，是一个悖论。"对敌慈悲对友刁"，觉得是家人却不客气，对外人客气是好面子。对家人也应该相敬如宾。李敖近日在北京大学演讲，记者问他是否紧张，他说还是有点紧张，脸皮厚如他，尚且紧张，那就是心有挂碍。他戴墨镜，也是一个屏障、护身，无形中使脸皮加厚。

14：30府学小学张韬来，看其篆刻，谈篆刻章法、刀法的微妙变化。趣味在微妙，但气息在圆浑。胸中有云烟，下刀自然厚实而才情流露。16：20到四分之三画廊。19：30旧地游观，艺术书店看图书。798初期不为人知，不为认可，但人们总会好奇地来参观，时间久了，就看习惯了，就认可了。798地区的艺术良莠不齐，但大浪淘沙，总会制造和留下好的艺术家和好的艺术品。23：15回黄寺。0：30休。秋风爽然。

"奇装异服最易被认作是艺术家"，尼采有这样的话，很正确。真正的大艺术家，是不着外相的，甚至有些不像艺术家，但其胸襟气味、见识修养是超凡的。形式的新颖与别致性、题材的固定与独特性、色彩的单纯与明快性，都是使画面视觉审美被接受的因素。人类的好奇心，是使之不衰老的一大缘由。走错路的原因：一是岔路口多，容易选错，此为客观；二是有明确的目标，而目标只在意方向，所以自然常有出入。开悟，就是在思想和行为上接受一个非常态。

9月25日　星期日　云

偶翻《书法》杂志2005年第5期，转载《万象》中陈巨来谈十大狂人文章，谈及徐邦达的故事。历史不知湮灭多少有趣的故事。

13：15武普敖到办公室，出示其荷花摄影，有书法家杨再春赋序，亦索我作序文。普敖先生摄影，基础于技法，发展于艺术，升华于精神。他摄的荷花，蜻蜓、青蛙、游鱼、花瓣、黄叶，能小中见大，画面简净练达。或有水墨构图意识，虚实相间，浓淡结合。或取之风、雨、雾中，律动如音乐。尤有味道者为取之倒影中，纯为虚设，但胜于实际，境界别开。又看其摄影天鹅，或群居或独立，或飞升或降落，或雪地或水中，或清晨或日暮，特有韵致。余索两本荷花摄影，拟以入画，当大有启发。14：30到四分之三画廊，看策划，吃褡裢馅饼。要成就一番事，不辛苦是不可能的。很多事想做，也能做，但时间、精力有限，所以需要选择，"决定"失误，亦无可奈何。18：10独坐沙发，看窗外灰蒙蒙的天，没有亮红的晚霞或白云清风。19：10小憩。楼下研究生楼正建筑，民工不歇息。20：10离办公室。20：40到核桃园王进水宅。吃崔森姐所作馅饼。与哥越洋通话，互道珍重。看电视剧《家有九凤》，有真情。节目中间又加入广告，可见有令不行，禁而不止，人的事情，涉及商业利益，就不好办了。22：40出SOGO聊天。论到画的气韵，以谢赫"六法"谈之。"气韵生动"与"气韵贯通"，何者高明？0：50回黄寺。对摄影画荷。2：00休。窗外有秋风，为之一爽然。

9月26日　星期一　云

14：00到院，看展览馆举办"古代碑刻书法教学展"，展出王钧收藏拓片，有《广武将军碑》《郑文公碑》等名碑。遇张子康、符书铭、萧文飞等。10：00回办公室。本订敦煌机票，中途变卦，退票。15：00得《故宫博物院院刊》《紫禁城》《青少年书法报》及《画界》（创刊号）诸报刊。得张逢喜寄来茶杯一只，甚喜。15：30黄青慧来，示其新著《洞仙歌》，有二月河、苏叔阳等序。书分风、雅、颂三部分，每篇以一古贤诗词作引，随笔散文，情感细腻，文笔超脱。16：00启河北平泉县赵华丰先生信函，有赠余诗，词曰："黑白含七色，横直尽万殊。复临平正后，跌宕法中出。"并示其所作诗《墨竹》（"明月临虚幌，疏篁舞翠鸾。独吟苔石上，霜叶媚天寒。"）请余书之，为书横幅一纸。18：45到王府井俏江南。待周明等，谈如初，是为"三绝"矣。央视英语频道杨锐到。论央视与凤凰卫视的区别，以及超女现象，湘军北伐抢广告市场。体制与机制，是使怪现象合理的一大原因。21：30与周明等到天伦王朝饭店喝咖啡，大厅甚宽阔，23：30了。1：30休。

长江有水，小河也有水。五星级饭店有人下榻，小旅馆也有人宿住。市场多元，各吃一方。单打独斗，都似土匪，集合力量，便为运动，最终成事。

9月27日　星期二　晴云

16：20与章丘李长吉通话，疏于联络矣。17：10与黄啶洪联系，说及咳嗽事，病根在颈椎。17：40关机。天色已昏，窗外建筑工地有噪音而不觉。23：50回黄寺。0：30休息。

医道，在于对症下药。药本无好坏，能治病为上。"我是一名律师，我一直这么认为。""认为"，就是主观性，可以与事实不符。

9月28日 星期三 云

4：40起。5：20出。月牙东天，空气寒意。5：45到西客站。6：04史王到，6：40送宿樱花宾馆。7：20到办公室放东西。8：00回黄寺，小憩。9：15出，今天空气实在糟糕。9：50到国家博物馆，朱培尔接，看"和谐的中国——华威杯书画艺术约请展"，都是丈二大画，虽多为没名气的作者，但多有可看者。10：30研讨会，邹佩珠、娄师白发言，我言后即去。11：30到樱花宾馆，停车开始使用计时卡。12：30与史王到蜀南人家，谈河南地区汉砖的搜集情况。14：00送机场。14：30回院。14：40韩健来，为雷州佛教艺术馆索书，为书儒（"其恕乎"）、佛（"见性明心"）及道（"为道日损"）内容三纸。15：10冯让到。15：20郑标与彭蕙蘅到，约晚上在政协礼堂看演出。18：50到工体庄园西餐。疲惫之时，乃知平常心之难得。神的启示，与见自本性，何者是开悟的最大力量？平地起波澜，心也；复归于平静，亦心也。暑极则寒，寒极则暑。游则思居，居则思游。20：25回黄寺放车。20：50与妻儿道别，与儿握手，心竟怦然。21：20到城市宾馆，与众友聊。早休。22：10陈丹来电约饮，与王小燕等在工体，疲惫婉辞。

牵挂，是一种幸福。看破、放下，是无情乎？

9月29日 星期四 阴 北京 敦煌

6：10起，武警刘司机送机场甚速，7：30起飞赴敦煌。10：40出机场，空气清朗，视野开阔。牛玉生兄来接，走乡间公路，有采摘棉花者，顿觉有逃离城市、超然世外之感。此余第二次到敦煌。11：40宿敦煌山庄。12：00到杨家桥牛玉生小院画室一看，院内有大香水梨一株，玻璃房边植草，甚雅致。喝茶，吃长把梨。吃拉条子两大碗。13：20出发，与玉生友等去雅丹。15：00过玉门关。16：00到雅丹地质公园，这里水珍贵，连上厕所都得一块钱。

窗外是戈壁滩，忽有感触："有的人还健在着，但已经再见了，因为他的心死了。海枯石烂算什么？不就是戈壁滩么？"于是把这感悟发信息给诸友，吴占良、刘波、张福山等友颇诧异，以为有事，乃告之为戈壁滩所感悟，而雅丹之美，美得惊人、吓人，是难以说出的。古代的诗人中不记得谁见过，并留下什么诗篇。雅丹地貌，像海里的船，更像海上仙山，渐空渐远。它的自然素朴与博大恢弘，胜过世界上任何历史的建筑和遗迹。天很蓝，白云如絮，自上而下，牵挂着地上的雅丹地貌。雅丹的眼睛，看到过多少沧海桑田之变，累了，不再发一言。雅丹，是一个个大故事的根。穿越戈壁滩，你可以感受到海枯石烂的魅力，那是多久远的时间的造化啊。戈壁滩上，还会长出点点绿草，那是对过去的思念，是对情的诉说，没有绝对的空无。也许一切都可以轮回，惟有时间，是一度性的永远向前的。

17：30照相。17：40从众石中挑沙漠玩石一块，至美者不易得。"孔雀石"、"唐僧取经"等是管理者给雅丹地貌标志石景所起的名字，只是这一起便境界狭窄了。19：00过玉门关，停车照相。夕阳甚红，远处有古代烽燧遗迹，有牧养人简陋的居所，地上有离离衰草。"大漠孤烟直，长河落日圆"，王维的诗意，只有到了与之协调的境地，才能依稀领略。听西洋音乐，看落日，空气甚干燥，咳嗽甚剧。闻北京有雨，而这戈壁滩上，是很少能见到水滴的。雅丹游一日，胜过书斋俗墨三十年。20：45回敦煌，到小吃广场吃饭。21：30到市医院打吊针。旁边小孩哭啼甚，家长恐吓说"别哭了，再哭就不要你了"，没用，这样既缓解不了孩子的痛苦，也没有让他得到正确的认识。楼旁有迪厅，歌声甚大。23：00回宾馆宿下。咳甚，4：00矣。

生、老、病、死，是人一生中要经历的最重大的环节，却不是个人主观意志所可以决定的。没有仪式，没有宾客，鼓努为力，独特地进行，以作永远的纪念。随缘应物，事与愿违，很多事情大概都是这样。

9月30日　星期五　晴　敦煌

9：30起。10：15下楼。宾馆城楼高阔，走廊宽敞，丽日铺地，依稀汉唐气象。11：00牛玉生等到，吃牛肉拉面一碗。11：30到医院打吊针。12：30到枣园农家园柳主任请吃饭，听秦腔。餐巾纸上有《饮和食德》，中有"人性下愚，虽孔孟教之，无大益也"，即是说明天性内因的重要，外因的教育不能起到改变性命的作用。14：30到莫高窟。参观张大千、常书鸿当年住所。庭中有大榆树，为两百年之物，树根旁侧逸出数米之长，光影班驳，映衬着土墙。房中壁上有张大千墨竹，漫漶不清。先到四十四窟（096），编号留有张大千的墨迹。窟内地砖分为唐、西夏、元、清、民国几层，可知不同时期在此地发生过的故事，这里的艺术形成这样的规模，不是偶然。16：50看博物馆西藏铜佛像，多有精品，据说当年几卡车铜像来冶炼成铜水，这些展品是为劫后余灰而已。看守者横眉竖目，不允许触摸、照相，身近于佛而不得随缘观照之悟，奈何。17：10到敦煌研究院牛玉生画室一看。临摹一纸壁画，竟耗时数载之工。

二〇〇五年十月

10月1日　星期六　云　敦煌

8：10出发奔榆林窟。一路畅想开发戈壁滩的蓝图。10：00过安西县塌实乡。有古城遗址，若开发利用，甚为壮观，但亦为累赘矣。榆林河畔，远近树木颜色丰美。10：40到榆林窟，窟前有塌实河，水声汩汩。是地张大千、谢稚柳等曾到。有47窟（5个窟尚未编入）。看04号窟，人物保存完好，有永乐宫壁画人物之势态。03窟人物用墨色线条者，有文人画意思。12：30万佛峡拜唐代大佛。洞窟中有道士当年修行的小屋，床上面开了个天窗，可以爬上去躲避突然入侵。12：30吃拉条子。13：15离榆林窟。云为团，天际悬。16：20过雷音寺，到鸣沙山、月牙泉。17：00他人爬沙山，余至听雷轩吃西瓜。去年是时曾登此，得"鸣沙在侧，大月当空"之句，今忽得"谁同月影，我念雷音"之句。18：20乘骆驼出，坐滑沙、滑翔机待来日。20：20到医院打吊针。22：10与牛刘到宾馆看北京来文友，小叙奔波之苦。22：40回宾馆。23：00休息。不想留遗憾，也许就留下永远的遗憾。夫子"述而不作"，盖知事之有作而无益者也。

10月2日　星期日　晴云　敦煌　北京

7：30起。看米芾墨迹。8：50到雷音寺一游。见住持道证法师，聊知与王志远教授熟悉。为书"月影雷音"篆书一纸，辞。9：40回宾馆，为昨日书字盖印，并为国森治印三方，刀小无力。10：10离宾馆，奔机场。11：20登机。14：00到北京机场。14：30回黄寺。16：20到崇文门新世界冠军溜冰场，儿参加冰球比赛，没带球杆，守门。买手机新号一个。18：00到蕉叶泰国餐厅。旁边有泊车，车号恰与刚买手机号末尾四位相同，奇事也。21：00休。咳甚。"道"，是一个大概念，儒、佛、道三家都使用。

10月5日　星期三　阴

10：40与妻到永安宾馆看望文怀沙翁，文翁作白内障手术回。在文化沙龙，遇许宏泉、唐朝轶等。许宏泉在与文老谈话、录音。听文老讲话，提出三字经"正、清、和"，其实是把真、善、美融合在一起。文老示小册页，中有刘海粟、施蛰存等前辈和韩美林、徐刚等为文老之女都都的留言，都是对如何认识文老的引子。文老命写一页，我写道："大道甚夷，非夷所思。超凡入圣，可以师焉——题赠文燕堂并与都都共勉"17：35与家人到安外与书法家柴岩柏、刘洪彪吃饭。17：30到西院影厅，是日播放电影《绝密飞行》，场地设备甚高级。美国电影讲究人性，但应该看到，人性是复杂的、多方面的，那么，要反映哪个方面呢？"是啊"、"好"、"那啥"、"不容易"、"你看看"、"真是的"，这些词汇，有语气语境，不用说别的，似乎已经包含了内容。这在模糊而圆活的发言中，常可以见到。静中之动，才有杀伤力。"杀伤力"这词，很有幽默意味。

奴隶文化与奴才文化，是中国历史文化中两大层面，均有其必然性与必要性。地主靠地，资本家靠资本，知识分子靠知识。见识、学识、知识，此"三识"可群分乎人。谦虚是勇敢；残忍是怯弱。不耻下问，"下"有两解：一为比自己地位卑微的人；二为在自己视野范围之外的看似简单的问题。"知之为知之，不知为不知，是智也"。"知"，明确地把握与判断自己的实际状况——即为智。对于孔子的认识，也有渐次之分：第一，简单的迷信与膜拜阶段；二，全面而客观的认识与认可阶段；三，无条件地遵循与尊崇阶段。章太炎早年直呼孔子之名"孔丘"，到晚年则夫子云云，谦恭有加，乃认识到儒家所主要提倡的礼制对于稳定社会秩序的重要。不管由谁来提出，这种为人处事的方法是一个大符号，来规矩人们的行为，有益而无害。真、善、美，是三个相对独立的元素。真，未必善、美；善，未必真、美；美，未必真、善。

10月7日　星期五　晴

梦里脑中都是名字和笔画数目。

12：00与张子康通话，刚自青岛回，在家休息。13：20到橘郡。两三载草木已丰，街道大有可观。吃面。子康谈今日美术馆建设和发展思路，谈管理。协调和组合人际关系、组织能力与技术能力等方面，在不同发展期作用不同，最后落到人才上。人际关系是个大资源。15：30辞。16：30到长城饭店，与王小京喝茶。21：30回黄寺。楼下草地站桩一刻钟。"只身寻芳景物新，爱濯清流碧粼粼。陈情帏幄迷宿梦，红遗绿至别家春。"妻示此诗，雅意也。22：30休息。

名即实。名人字画，名气名牌的打造，不是朝夕间事。名牌也是固有资产。我从事鉴定，应该锁定在近现代画家中。鉴定的最高层次与底线，是观气韵、神采，对真与伪的判断，靠的是学养、见识、理解，没有自己的艺术实践，不能领会笔墨的实际要诀。

10月8日　星期六　晴

8：50到办公室。将自雅丹带回的沙漠玩石置于书架上，觉得比在当时更美。10：30李培强在线，说"有时间泡杯茶，静静思考一下：超女对艺术家成名的启示吧"；"超女是芙蓉姐姐的批发版"。现代的传播手段，只适合时尚之类的炒作与包装么？对传统意义上的东西有效么？10：35柴岩柏约晚上看画、吃饭。11：00冯欣说自土库曼斯坦回，沙漠风光半月，竟"恍如隔世"。11：50刘静来办公室。12：00梁小岛在线，说在香港感悟到的文化特性，"香港与北方的文化气氛很不一样"，"像一座被压缩了的城市，什么都很小，却不乏犀利和深刻"。22：10回黄寺。妻最近也喜用宣纸涂画人物，为其补笔衬景。书房站桩10分钟，不如在楼下草地感觉好，不能接地气是现代城市人的通病。22：30喝药，躺下"行经"。妙药三千杵，真经半句多。

10月9日　星期日　晴而不朗

10：40开信箱看陶薄吉传黄宾虹画照片。17：30到北太平庄见柏松，看其短信动画制作。18：20到健外泰丰楼喝粥。据说最近网上又炒所谓的"贵族文化"，以时尚的昂贵的物品为由头，其实远称不上贵族。21：50回黄寺。电梯里伊利牛奶的新广告创意佳，"自信从骨子里来"的女郎视觉效果亦佳。22：10到楼下站桩一刻钟。上楼有画兴，画意象荷花三纸，异于前些日画，颇惬意。

10月10日　星期一　晴而不朗

10：00开信箱得常宝国写的读解《为道日损》的一文。11：00

李培强在线说，看了我的日记后，写了一句调侃的话："有时升值就是生殖啊，谓余不信，请看张大千的升生、毕加索的生升"，还说，"这尺度得拿捏得正好，过则有流氓之嫌"，"未及乃功力不够。是啊是啊，兽性=寿星。生殖=升值"——"崔李文化定律诞生了"。18：00与儿到楼下散步。儿长大，已懂亲情之事。19：45到棕榈泉。徐嬿婷自美国回，正画风景油画，聊天，听我咳嗽，将甘露丸十数颗见赠。21：45到圣淘沙喝枣茶。23：30回黄寺。0：00睡下，罢吃药，妻力劝。

以野兽的速度和态度干活吧。成人之决裂，而不能复圆者，无心情也，亦无必要也。名家之争嘴、辩论，乃外相也，非真实之斗争也。如吴冠中与张仃之关于"笔墨等于什么"的辩争，外示以言辞激烈，其实私下两人为老交情。今日结，今日解，不过夜，是为诀。

10月11日　星期二　阴

15：00为摄影家武普敖作《神与物游》一文。文中提出我关于摄影艺术"四度"的评价标准。总之，我以为一幅好的摄影作品，大概可以归属于这"四度"：技术精度；艺术高度；机遇难度；思想深度。没有必备的摄影条件，技术的精度上不去；有了技巧的熟练、经验的积累和认识的提高，艺术高度才可能达到；所需要的技术条件和艺术水准都具备了，但生不逢时，没有机遇见到大人物、大场面，梦想获取有历史重量的不朽的大镜头，只是枉然；有思想内涵的摄影，只能出于有思想准备的摄影家，这样的作品，包括了技术精度、艺术高度和机遇难度，把瞬间转换为永恒，实现尽善尽美的人文理想和精神追求。

17：30武普敖到。18：50到蜀南人家吃饭。21：15回黄寺，画画。以武普敖荷花倒影摄影为素材创作荷花两纸，颇有新意。研墨用完，用墨汁，色彩不甚佳。

接触面虽大，影响力却未必大；接触面虽小，影响力却可能很大。——其关键在于找准关键。故事，都是过去了的事情。真实的发生着的故事，最精彩，但有很多情节是不能向外人讲述的。中国画名曰写意画，但传统的路数大多是符号化了的，容易陈旧因循，在自然生活中寻找灵感、境界，才是写意的真谛，也才是创新的正道。

10月12日　星期三　阴雨

道是什么？道是函数：$y=f(x)$——这是我对"道"的解释的一个发明，也是把人文与科学结合起来的一个佳例。道是什么？答案太多，等于没答案。

9：30到保利拍卖取图录，我在画作当代书画卷。10：20到办公室。整理资料。11：00上网，看小熊博客资料。天下才人甚多，只是无多时间与机缘相识耳。12：10到食堂。12：40回办公室。看保利拍卖册。14：00到舞蹈研究所，讨论王克芬、刘恩伯、徐尔充、冯双白任主编的《中国舞蹈词典》的新版编辑事宜，三位来的老同志特别认真，这样繁杂冗重的编写任务，非敬业者不能为也。15：20付秀莹来，《中国新书》第11期有其写《淡然无极而众美从之》一文论《为道日损》。15：50黄学礼来，带华夏艺术交流协会编挂历，中有我的一纸仙鹤荷花，今读之，特不满意，乃深知"有悔少作"之痛感，去时不过三月余，画变已如此，多年以后，不知将如何辨认今日之作耶。19：00吴学梯到。20：45到有景阁。陈丹、王小燕、张建斌等在。我对陈丹说："你夸我，我还是不满意，因为，你夸得还不够啊。"

23：15回黄寺。画意象荷花两纸。笔墨还需简练。1：10休息。

曾经着相；偶尔经心。本来有假；岂可当真。不能离谱；权且正经。行于不当行，止于不当止，亦境界也。然则所谓当与不当者，何以判断？又所谓境界者，必常人所不能企及处。超常、非凡、非常，便是境界。不睡不梦，所以息诸外缘是戒除负面影响的唯一方法，但因噎废食，也不是办法。

10月13日　星期四　云

10：20王万慧来，为于培智书法索评文用于《中国书法》。10：40《艺术评论》赵春强来。17：40刘洪郡来取于志学资料。19：05到蓟门桥杨红宅，李黎在，甘肃阿姨做面条甚佳，讨论书稿出版。"姓困难，名解决"，是杨红的人生理念。困难谁都有，与生俱来，你只有面对、解决。"Yi想天开"，"对百万遗产说NO"，很好的名字。成人不读书，但望子成龙，让孩子读书，这是儿童图书市场兴旺的一大原因。病根不除，而怕反复也。

10月14日　星期五　晴

15：40看保利拍卖画册七本一过，甚疲累也，物以稀为贵，中国画创作量大，传世精品多，是价格不能高昂的一大原因。

作用是相互的，天底下没有无缘无故的爱。生气、着急、不愉快，与耗费时间一样，是最奢侈的事情。儿子遇事，喜欢用"奢侈"二字，有意思。

10月15日　星期六　晴　北京　南京

10：50出发奔机场。12：45起飞。吴欢、刘松、齐建秋、邓丁三、王春福、杨彦、唐辉等同机，与唐辉聊。16:30与唐辉、杨彦聊我的"观点即偏见"的主张。17:50出发去东江海鲜吃饭。遇黄河艺术馆郭秋成，记忆力极好，通过照片认人，在程茂全处看过我的《从前》。"没有被他要过画的画家不是名家"，有趣。21:50到南京市文化艺术中心看《神韵金陵》舞剧。假如使几个部分用蒙太奇的方法串联起来，更有主题性。玩杂技的不错。修长城和《永乐大典》一节甚佳。"永乐大典"四字楷书，规矩而有气度。中国书法的可营造的视觉空间，是无比之大。23:30回宾馆。长聊，1:30休息。

胰岛素当年治好了一批糖尿病病人，但也使更多的这类病人遗传了下来。文物鉴定界有两类人：一类是聪明的人，记忆力好，如夏鼐；一类是刻苦的人，如吴晗。玩古董的，很多人说话养成了结巴的习惯，原来是为了争取时间，看你的脸色，把"十"可以说成"十九"。人可以与同龄的别人做对比，更重要的是与昨天的自己对比，要"日日新"，不断超越自己，很难。

10月16日　星期日　晴　南京

9:10出发去南京国际展览中心，参加首届书画博览会。宽敞的大厅，展览现代科技产品适宜，而中国书画这种书斋里的雅致的形式，以博览会的形式出现，觉得有点异样。17:45与唐辉到金陵酒楼，遇画家徐培晨。20:40到秦淮河边。昔日风月今安在？21:00谒夫子庙，拜大成至圣先师孔子像，得第16签。明月当空，闻钟声。与唐辉聊，他建议我写本《我的师傅》。陕北——三鞭，两笔——两杯，容易听错。21:50乘舟游秦淮，过李香君故居。桨声灯影，多了些现代气，而依稀又有塞纳河景象，只是气象不如之。22:20登岸。过筷子店。读到袁枚《随园杂记》"美食不如美器，斯语是也"之句，莫名其妙，美食与美器是两回事，不具备可比性。如是说，与"筷子不如铲子"，"夫子庙不如秦淮河"，"李香君不如孔夫子"，是一样的荒唐。22∶30买梨。22∶40回中海饭店。

艺术家需要个性，但不懂得人情世故，是不能在社会上成大事的。仰圣，是主观的先备条件；习礼，是应世的规矩的形式。柏拉图与阿Q，是精神生活的大师，正被多少人在误读啊！空对空的东西，不能打动人。出于生活而高于生活，才是大艺术。

10月17日　星期一　晴而不朗　南京

7∶30起。8∶00看CCTV1"神六回家"。9∶30到南京电视台演播厅参加"艺术与财富"论坛，与崔如琢、吴欢、齐建秋、许宏泉、杨彦等在主席台。我讲了艺术的标准问题以及市场的不可测因素，必须具体而微，才能相对准确地了解问题的实质。眼力、魄力、财力，是收藏的三个必备条件。18∶00吃南京小吃。细赏壁上《清明上河图》，益识其伟大。以写实的笔法写实际景物，有条不紊，而大面积的河水、树木、城墙，把散碎的各色人等笼罩一起，使气韵贯通。20∶15参观李香君故居，水边筑屋，二楼卧室两门，有孤苦寒意。名人名妓，相应成趣。柳如是、董小宛、李香君、卞玉京……因她们的存在，秦淮河畔不知演绎了多少动人的才子佳人的佳话。明清之际文人侯方域与方以智、陈贞慧、冒辟疆合称"复社四公子"，又与魏禧、汪琬合称"清初文章三大家"，四公子聚于秦淮楼馆，说诗论词，狎妓玩乐。侯方域与李香君演绎出一段风流倜傥的爱情浪漫悲剧。当时权贵迷恋香君色艺，欲强娶香君，香君血溅扇面，时人杨文骢借血迹绘成桃花，孔尚任据此故事写就传奇故事《桃花扇》。侯方域为河南商丘人，长于诗文，取法韩愈、欧阳修。方以智，是17世纪中国文化史上一个集大成的人物，是明末清初四大思想家之一，又是桐城文派先驱者、复社首领之一，他与柳如是、钱谦益关系密切，与卞玉京有私情，曾为董小宛作媒，与冒襄友情深厚。作为政治家、科学家、思想家、佛界高僧，方以智在崇祯帝、弘光帝、永历帝时期都在朝廷中担任重要官职，亲睹了大明江山的覆灭；他倡导"三教合一"，学问则将儒、道、释融于一体，亦庄亦谐，僧俗合流；他首倡西学东渐，写了中国第一部物理学著作《物理小识》。20∶40过王导谢安宅、乌衣巷，刘禹锡诗"朱雀桥边野草花，乌衣巷口夕阳斜；旧时王谢堂前燕，飞入寻常百姓家"，乃写实景而情发也。21∶00与王小京、邓丁三、聂海燕等游秦淮街道。聊忆往昔经历，不禁怅惘。

10月18日　星期二　阴　南京　北京

在对两种同等几率的选择做出判断的情况下，无所谓策略与计谋，只是胆识而已，只是运气而已。三种或三种以上的可能性的选择，才可以使用策略。对华荣道的判断，诸葛亮与曹操，都可以估计到对方的判断，但最后的决断，两人只能依靠运气。艺如其人，性情明透其间。人特憨厚而艺术特聪明者，余未尝见也。我和祖国的命运联系在一起，祖国江山不改，我热爱艺术的本行不移、痴心不变——此等气概甚是。友情何其重，相期何其重；不怨君无情，君自有难处。烟民甚可怜、可悲，象棋之斗，在于其明；扑克之争，在于其暗。明暗虽有异焉，而争斗则一也。由形上经由类似形下的路径，终于形上，其间出轨者，则为幻觉、无知、陋识、愚见、误解、谬决、错定、非命。"问你敢不敢，像你说的那样"，这一问，甚为巨大；看似平常的正经的常态的选择，其实也许要承担重大的风险与责任。

17：15回黄寺，看电影《禁烟枪手》。"引而不发"与"不得不发"，是何等境界。"杯中酒，如雾亦如冰。薄雾不笼相思愁，坚冰难固长相守。空说解我忧。"——妻有此好句，可喜。

10月19日　星期三　晴

10：00与妻到北大第一医院拍胸片，无恙。14：30回办公室。得李斌传《浣溪沙·致神舟六号》词，曰："嫦娥彩袖舞天边，万户英魂冲云巅。东方红号唱九天。长征火箭力拔山，神五载人把梦圆。神舟六号谱新篇。"14：40郑标来。"一个戏子，半个和尚"，郑标引述梅兰芳弟子杨荣环的这句话，信然。好嗓子需要滋养，多睡觉、多喝水还要禁欲。16：00清华大学许晨来电，说杨振宁先生有信和光盘给范曾先生，告之先生联络方式；并把我的"先教"心得传之。18：30赵春强来，说《艺术评论》第10期有关于《红楼梦》与"红学"的专题，引人关注。

学问与学术，是有区别的。艺术、学术、学问，有次第之分。真正称得上学问的，必须涉及人生的命理之学，触及生命的存在，不然，都只是纸面上的文字的游戏而已。开悟以后干什么？一种是痛改前非、洗心革面；一种是一如既往、自然而然；一种是变本加厉、一意孤行。二分法是必然的。岔路口，最少的情况是有两个可选择的方向；只有一个可选择方向的是直路，不是岔路。不懂科学分类的学者，不知分析与综合方法的学者，搞不出什么像样的学问与学术。眼、耳、鼻、舌、身、意，是关乎人的所有学问的大的分类，学术研究的领域依之而划分大抵不错。

20：40到周汝昌宅，与周老谈"红学"。把周老定位在"红学家"则是小看了先生。周老涉及的研究领域宽泛，国学、诗词、文论、画论书论等。他之所以那么倾心《红楼梦》，是因为它的确很有值得研究的东西。周老问我"红学"研究是学术还是艺术，我说，既可以作艺术性的浅泛的研究，也可以作学术性的渗透的追问，他听了很高兴。山东画报出版社新近出版了先生的著作《神州自有连城璧》，周老签很大的名字，周字里面的"吉"字彻底放在了外边。21：30辞。22：00到广外百万庄园。0：20回黄寺。妻埋怨我说，你是今天回来今天走，今天出门明天回。

突发奇想：能否写一年的日记，内容却全是胡编乱造的?

10月20日　星期四　阴

8：50军科黄宏来电说以古代铜镜图案为资料，写了一篇中国古人的飞天梦，的确是今天"神六"的思想滥觞。班固《与弟超书》有云："得伯章书稿，势殊工，知识读之，莫不叹息。实亦艺由己立，名自人成。"（《汉魏六朝百三名家集》）伯章徐干，善章草。16：00为晚上在北大书法研究生班的讲座作3000字的提纲：《关于书法的"为道日损"》。18：00到北京大学。到艺园博雅间，遇徐寒、邱振中等一起吃饭。19：40讲课。钱惠芬、周嘉鸿、方斌、凌征伟、肖华、马子恺等听课。21：00开始"商量"交流。21：30离北大，22：00到安定门加油。中轴路正修。22：15回黄寺。妻云过荣丰，谈话及之，夜深矣。依稀闻得寺庙钟声，感觉超然世外。儿几惊起，忽忽已晨，上学而去。讲学术而牵挂人生，听来痛快，给人会心微笑，不易。

北大，是一个好地方，土地肥沃，能长成大树，即便长出的草也与众不同。听课的学生中有很多我熟悉的，各有所长，今天听我的课，也只是一时扮演的角色不同罢了。什么是"书法"？"书法是书法"，这样的回答是胡话，但的确准确。有意地强调一个也许不重要的条件，而有意地忽略另一个必要的条件，是搪塞的一个重要方法。做学问靠的是脑子，而不是头发的黑白与多少。心灵的开放，才是真正的开放，拘泥于肉体的所为，不在其内。

"车本无心，人却有情。寒夜拒暖，人心畏寒。"朴实好句，自心中来。晕黄的月亮悬在天空。非是天无数，风云多变故。

10月21日　星期五　晴　北京　石家庄

"以我童年的信仰。"等待，是一种奢侈的圆满。

10：00与董云鹏、郑标、贺建中、张彦军和叔、堂弟等通话，说下午我将去石家庄，明日回老家看看，三年不回矣。11：00梁江送学术成果推荐意见来。12：15到食堂，与方宁、吕品田、喻静聊。13：15离办公室。13：40到月福洗车。18：30到石家庄。

城乡差别表现在方方面面，农村的男孩子易融于都市，女孩则不易。什么是生活的品质？使用了长时间的硬毛巾还是经常更换的柔软的新毛巾？无分高下，习惯而已。需要的，才是好的。穷养小子，富养丫头，有道理。男子最需要从困顿中磨练本事，以成就其豪气，而女人则必须在丰厚的条件中培养其幽雅。穷人家的孩子，自己在生活中教育自己，提高能力。富裕条件下的孩子，不易在平日的生活中培养能力，所以只能在遇到困难时醒悟过来。"严父出孝子"，是急迫地让孩子面对困难，以使他有处理困境中以自立的能力。"超女"现象值得研究，那显示了社会时尚现状。李敖说要竞选市长成功，就找张惠妹当副市长，是做秀的高手，也是借势以铺垫的妙法。毛主席过生日找钱学森和陈永贵，有其妙意。丞相，便是调羹和鼎，协调材料与作料，成菜上席。孔子说"食不厌精"，孟子却讲究"君子远庖厨"，其实，庖厨的整个程序，就是组织管理的整个过程，所以老子总结说"治大国如烹小鲜"。胡子短的天天刮，胡子长的不用刮，扬长避短是也。引"郎"入室，乐此不"皮"，好句。面子是别人给的，脸是自己丢的。

"诗意的裁判"，把感性与理性结合起来，可以说妙用，也可以说无当，理论的价值，就在于反复中辩证中成立下去，正如烧饼，在翻转中成熟，当然不能最后烧焦了。"三分法"没有什么道理。二分法，是必然的，可以无尽地分下去，这一自然物理，也是辩证法的理论基础。很多东西，都是形式、符号，所以类似于政治的娱乐化倾向、表演化倾向，也是合理的，也符合人生如戏、生活是大舞台的普遍理论。演技，就是能力。杂技和京剧等国粹，锻炼时需要那么刻苦，上台时获得却那么少，简直是很"悲壮"。当然，成就一个歌星、影星，看来容易，也很不简单，其几率和难度不亚于杂技和京剧演员，这也许就是市场调节的作用。为乐趣而工作的人，不知疲累。再美妙的事情，一旦职业化，就累了。

"正好"——不管怎样，总是如此。存在即合理，便是此理。

10月22日　星期六　晴　石家庄

9：40到电视台附近接叔和堂弟。走石黄高速，经晋县，10：50到深泽。11：00到县公安局找张建中一起吃饭。13：20到书法家赵俊奇宅，20年前与父亲曾在县文化馆见过他。读其书法及感想随笔，很有见地。为书"大块噫气"一纸。吃滹沱河畔的西河肉糕，那是我少时跟随父亲到县城时最喜欢吃的奢侈东西，现在吃起来，仍然可以回忆当年的味道，可我的儿子，却不喜欢吃，我们的距离已经那么远，想来有些感伤。人之影响，或因拘于一地而不能利，奈何。我们的交通道路，什么时候能有了明确的标志，就代表了文明程度的升级。

14：20到大直要乡南张庄村。原来的小马路，已20年失修，不成其路，实在难走。14：45到自家一看，有邻居带管，东屋顶因已坍塌而除去。无旧时面貌，思及故去的父母，内心不禁一紧。儿子与堂弟红玉的儿子崔石一起，疯狂地点火、放炮，招来好几个孩子，已听不到我的呼唤。15：10乡邻故交县长黎亚津来，慢慢聊来，思绪万千。15：45到村北姥姥家，大舅、小舅、小妗子、亮哥等都在。姥姥九十有三，吃饭还好，木然兀坐，不识人了，我给老人家说话，是追寻童年的声音，看到的仍然是木讷的眼神。匆匆一见，又得离去。16：50到大直要中学接红玉的女儿崔璨，我当年从这里走出，考入辛集中学。17：10回叔家，吃饺子半碗。车后备箱装满玉米面、红薯、花生米等物。17：30出发回石家庄。又过收费站，说深泽话，竟可免费，亦有趣。邻县甚至邻村操不同的口音，可见语言的习惯使然与传承久远。夜色朦胧，交通状况甚乱，农家拖拉机无灯而行，很危险。19：20到石家庄。郑标、李培强、张运哲、张彦军等来，辛集中学一老师来。辛集中学原来是硬件特别软、软件特别硬，现在是硬件特别硬，软件特别软，条件比过去好多了，升学率却不行了，去年连一个北大学生都没有，奇怪。

回到家乡的土地，心情总是意外的塌实，非惟这里没有城市的喧嚣之故。养气，这里的水与土，是滋养我生命的根。只是懒于行动，又畏惧回到家中想起自己的父母，所以很少回来"寻根"，奈何奈何。谈论与评价某人的艺术水准，若不想说，又不想得罪人，可以说：他比比他差的强，比比他强的差；他比过去好多了。

"高"与"永"字对，甚工。名士高歌；瑞鹤永年。一问三不知——符合乎道，或许才是大学问者的态度？行不言之教，道与教，不是靠有限的言能解决的。傻子的学问最大？庄子说的木人、畸人、至人，是什么样子？痴呆之状？肯定不应该是眼睛灵活、巧舌如簧。事在人为，日日发生，苟无其人，虽有而不能大。事而流传而称其大者，必得其人焉，而后众能知之察之。

10月23日　星期日　晴　石家庄　保定　北京

是日霜降。7：50起。马桶堵。8：20到餐厅，张运哲、张彦军一家来。我们三个少时在南张庄是"拜把兄弟"，在我的《从前》一书上曾有三人的合影，那是我照的第一张照片，当时12岁。三人儿时一起游戏，将来道路却有不同。9：20出发奔保定。路口红绿灯，见一小女孩牵着一条狗过马路，小女孩使劲往前拉狗走，小狗却蹲着身子拉屎，可惜没用相机把镜头录下来。11：00到保定，吴占良、张建会来接。11：20到莲池一游，修缮完刚开放。一池莲花，已枯萎矣，然纵横有姿。儿玩心甚大，无意景物。院内散落有几十块乾隆书碑，可见其政务之余于翰墨之勤奋。据说很多被依据拓片作伪成书，竟也在拍卖行中以高价卖出。池东南隅有元代石桥一座，掩映于树影之下。渠边地上有断碑，据说园林建设者破碎作石料，亦称奢侈了。池东碑廊有王阳明诗碑，其一词曰："野夫权作青山主，风景朝昏颇裁取。

岩傍日脚半溪云，山上雷声一村雨。"其书法质朴，但大气淋漓，一如其诗，不刻意作态。13：00与吴占良聊起河北大学魏际昌先生，早年为胡适研究生，于楚辞诸学甚精，我曾随吴兄拜访过晚年的魏先生，繁华落尽，无复有求，迨等先生故去，家人把大批线装书一堆贱卖，遗憾追问，答曰，"放哪都一样"，"都没用"。14：20到直隶总督府。"清风肃政"匾可读"政肃风清"。"恪恭首牧"四字为朱家溍先生书。与儿在门前大炮前留影。进南门"公生明"牌楼上有黄庭坚书《戒石铭》，词甚可读，曰："尔俸尔禄，民膏民脂；下民易虐，上天难欺。"15：20离总督府，带糖葫芦数串，回京。16：40过杜家坎。19：10回黄寺。身甚疲累，沐浴，20：10眠下。

科技的进步，总是以前人的进步为基础，所以很快，而个人的大脑，经验却全靠自己直接地积累，别人的间接经验的奉劝与忠告、教育，不见得能完全起到作用，所以，人性没有所谓的进步。今人集古人字，虽曰集，通篇气息尚能圆融一气，因其笔法无碍也。今人书法，虽是一纸，曰呼应曰行气，却往往通篇气息混杂，因为其笔法之不精湛也。

当仁不让，则不能多忍，否则，使之落于不当之所，亦不义也。境界、高度，都是有距离感的概念。距离，是客观的存在，要达到它，需要速度与时间的积累。实践，就是实际行走。悟，不管是顿悟还是渐悟，都只是心性、脑际发生的精神上的东西，不是实际的距离的接近。悟性好，就如同车子的速度快，达到目的地可以省时间。"万感销非易，思君于朝暮"，"非惟无情故，但有奈何处"，是等句最贴近现实。最傻的人是我。

10月24日　星期一　晴

15：50到广院陆健宅，错绕东五环。我们的路口啊，什么时候能标志明确呢？17：20到金地国际花园接陈丹。18：00到东三环"去那儿"。作家艾丹等在。吃饭闲聊。

寂寞的高手，才能品尝到慎独的滋味。一般的人不能轻易见，不一般的人也不能轻易见。"我们进步了！"财富的终极目标只能是与人分享，还有其他珍贵的东西，比如阳光、水、空气，那么爱呢？忙里才能得闲。只有在纷乱复杂矛盾难解的条件下，人才可能有开悟的机缘。光明时混沌；大地皆蒲团。"成法破法，皆为涅槃"；"智慧愚痴通为般若"；"一切障碍即是究竟觉"；"永断疑悔"——《圆觉经》。"无有佛涅槃，亦无涅槃佛"——《楞严经》

以我童年的信仰，永断疑悔。

成于不成，有破有立，循环不止，变之易之，境界升华，精神高级，此"涅槃"之谓。智慧愚痴，本当有异，不便区分，允称量异，无有质别，视以性趣，是为"般若"之意。无有障碍，无有困顿，无有困顿，无有疑惑，无有疑惑，无有智慧，此为"究竟觉"之意。佛即当觉，不生不灭，何待涅槃，本多差别，无始无终，面空而嗟。吾当面壁，惟在思理，无有四围，一向而已。壁有藤蔓，不见真趣，经夏而秋，众叶当去。时光如水，水落石出，自在随缘，默然以伫。

23：20回黄寺。高僧语："看破是觉悟，放下是功夫。自己不觉察，习以为常，不做真功夫，怎能骗得了人？"

10月25日　星期二　云

10：30与清华大学许晨通话。谈到陈省身、杨振宁、范曾等先生，以及大师的性格。据说林徽因是一个有韵致的女性，据说在外面一般人眼里她表现得一派温雅脱俗，而在家里和日常生活中却经常烦躁失态。这种现象，出现于很多名流身上，似乎性格分裂。可见，没脾气的表象，是控制于大脾气之下的。要想成事，脑子一定要不比别人笨，所下的工夫一定要比别人大。最大的蔑视，是不知之，更不论之；任何的谈论不管是正面的与负面的，都是重视。13：40到后广平胡同国英公寓三芝堂见薛伯寿教授看病开中药。欣赏中药名，很有意思：白药子，青风藤；玉蝴蝶，黑芝麻；半夏，独活……

能公布出来的当然不是隐私，我自以为光风霁月，没有什么不可以言说的、理解的，当然，光明的背后存在阴影，那是客观的物理现象，无可避免。光明与黑暗，是一起作用着并合成为前进的动力。小说的道理，容纳在简单的故事情节中，比单纯的理论著作容易被理解、记忆与流传，一般读者，也只能读小说。

16：00到永安宾馆见文怀沙先生。文老言及当年编辑图书的经历以及因《红楼梦》引起的文化事件，文老乃"始作俑者"，并出示周汝昌先生给他的四首诗，乃感触于丙子年（1996年）一次红学界聚会上文怀沙先生的一次发言。其一曰："云间鹤语亦雷闻，震铄尘埃鸡鹜群。暮鼓晨钟渠醒否？终南捷径是餐芹。"（旁注云：文老讥讽很多所谓红学家是"吃曹雪芹的饭"——曹雪芹一把辛酸泪，换来后世红学家满纸荒唐言。）其二曰："雪芹祠上病眸明，执手重逢老弟兄。莫问沧桑五十载。相看白发故人情。"其三曰："谁能红学开新纪，作俑端推与可孙。史册应须书大案，寒家扫地正封门。"其四曰："当路当门总不殊，身非兰芷亦须锄。人言不过一妒耳，丑煞先贤屈大夫。"文老又见示他近作赠周汝昌先生诗三首：其一曰："咸水沽头换了天，浣花溪畔梦魂牵。大江南北红旗乱，一样奇光自灿然。"（旁注"丙子汝昌寄赠余诗，有注云'在围剿中'，三句指此"。）其二曰："梦断红楼五十春，刳心一序怅芳尘。奇风幻雨重重过，老去无惭作俑人。"（旁注："汝昌赠诗有句云'谁能红学开新纪，作俑端推与可孙'，'作俑'用端木蕻良句"。）其三曰："当年缄口畏言胡，大案冤魂壮帝都。获罪于天无可祷，梦华不与海桑枯。"

"真善美传世，正清和耀邦。"文怀沙翁有此绝对。"道"使幸福的人感到痛苦，使痛苦的人感到幸福；因为"道"的实质是和本性是变化，一切都是暂时的，都会过去。福祸相依，得失相间。"始作俑者，其无后乎？"《论语》里表现的孔子的人本、人文、人性之思想，在很多侧面和细节。自己唱戏，自己喝彩，是否有点滑稽？但这现象，几乎表现在每个人身上。

18：40到净心莲斋吃饭，看敦煌牛玉生兄临摹壁画，通话。22：30到西院取中药。22：40回黄寺。23：30休息。

道德，有虚伪性；法律，有野蛮性。泊车铁道边，有陌生感，有人在旅途之感，可以重新认识这个城市，重新体会自己走过的道路。有述有作，乃期有趣，抵及奥妙，无悔其义。

10月26日　星期三　阴雾

16：00读徐文治寄来《新美域》第3期，内容编辑与设计印刷均精美，又有白志良兄"九歌拍卖"之信息等，可见其付出之热情与工夫。16：40王万慧来取于培智文章。20：10张立文来，为写《和而不同》及《夏塘》各一纸，并作一枚。是日手笔流畅。22：10张立文去。

人非草木，孰能无情？人亦草木，情为何物？中国画因使用的笔、墨、色、纸等材料的一致性以及创作题材的限定性，使画面面貌大多雷同，所以能在相似中拔出自己的特色成为风格，极不易。现在的文艺理论和艺术评论中，有些人的文风实在别扭，堆砌了很多词汇，似乎有点什么意思，其实一点意思也没有。这种文风，是"失语症"。想不清楚时，一定说不清楚；没有意思的文字，一定出于没有意思的人。

"一场游戏一场梦，戏里蜂蝶戏花丛，梦里人花相映红。谁醉理不清。却道是，戏未散，人已醒，台上台下一场空。何处是真诚。""愁肠似转轮，须臾千百周。一日百须臾，忧愁实难量。飞轮向前行，碾我心憔悴。观者虽不忍，行止不由轮。行止若无事，何来惆怅心。"妻示词，甚诧。页半与其了，不何之书方，写一纸力浑，岂苦乃作止。世风与行情，合之曰"风情"也。

漫长的旅途，独行着，藏不住一双渴望的眼睛，所思无极的眸子，就挂在微笑的嘴角，那是同在的意义。

10月27日　星期四　雨转云转晴

10：25唐辉来电约明日到荣宝斋画院看"四大家展"，与刘墨通话约一起去。10：35陈琴来，送来鄱阳湖水晶石一块。11：30李培强在线，言及读我《为道日损》时想起郑板桥的两句诗："室藏美妇邻夸艳，君有奇才我不贫。"（《郑板桥集》所收《赠袁枚》有句"室藏美妇邻夸艳，君有奇才我不贫"，或以为是讽刺袁枚，其实不然，可证之于四川博物馆所藏真迹全诗，句云："晨星断雁几文人，错落江河湖海滨。抹去春秋自花实，逼来霜雪更枯筠。女称绝色邻夸艳，君有奇才我不贫。不买明珠买明镜，爱他光怪是先秦。"内中当蕴藉惺惺相惜之意。培强又说，"无歪才难成大事"，余信之，此理一如"人无外财不富"也。

虚实相应，可大器用，纯虚纯实，究竟无用。轻松与失落，是两个境界，正如闲适和无聊、简单和乏味、复杂和散乱，是要看外表后面的内质的。歪才=外财。大妙。对无能者替之，确乎有点残酷，不仁亦不忍，但孔夫子有"当仁不让"之教诲，思来实在尴尬无措。

12：10到食堂，遇《艺术评论》主编沙林，约关于"红学"争鸣稿。14：00李领继来，为题"大喜"画一纸。15：50李文子来，为书"和谐社会少见面，保先年代多青春"一纸赠金锐，为王方书"得"，"人生行乐耳，须富贵何时"及"将就"三纸。18：30到京西宾馆西门辣老五饭馆，央视唐剑、许唐生等在。21：00到永安宾馆见文怀沙先生，陈琴来。文老讲胡耀邦、巴金、曹禺。23：40回黄寺。儿子有些咳嗽。

可借光给人，但不可期求别人借光给你。太阳有光辉，那是它的，萤火虫的光辉，却是自己屁股上发出来的。传统不进入不行，进入太深也不行。对于传统的经典，取其一部分细节，放大、夸张、抽象、符号、典型化，就是自己直接的营养。人们能记住一个知名的艺术家，但不容易记住一个富翁。心境与环境，主观与客观，共同作用于艺术家的创作。不但要净化自己，还要争取净化自己的外围环境，好的生态圈，是发展的必要条件。你可以对外物吆五喝六，但你不能如此对待自己的心。聪明的女人在于时刻认识到自己的属性，并显示和发挥之。女人具有植物性，男人具有动物性。女人应该有真情，一旦虚伪则百无一取，亦无望回报。

"我的梦作你登天的基石，你的梦是我祈及的未知"，"你的生命价值在于行走，我的生命价值与你同行"，妻现代诗有此等好句。又，"聪明是糊涂，糊涂是聪明。聪明不糊涂，糊涂不聪明。我不想糊涂，也不想聪明，但愿与君守，淡淡到来生。君心托我身，我身宿君心。款款相依从，凄凄不离分。望君知我心，我力解君心。只求两不伤，欢喜做鸳鸯。世间繁华境，过之望从容。纵不堪免俗，莫可负我行。家本是一巢，何故筑三窟。君是我屋宇，休让风雨驻。"读之若汉时乐府，直抒胸襟，风格淳然。

10月28日　星期五　晴

宋人袁采的《袁氏世范》论事说理，睦亲、处己、治家等方面，皆具体而微，辩证而细腻、妥帖（例如《处己》篇有云："亲戚故旧人情厚密之时，不可尽以密私之事语之，恐一旦失欢则前日所言皆他人所凭以为争讼之资。"），比之《颜氏家训》，无有逊色。

10：15到荣宝斋画院，看荣宝斋藏任伯年、吴昌硕、齐白石、黄宾虹画展。黄宾虹有一作品，题有画论，曰："古之论画，务以大气磅礴、华滋浑厚为宗，最忌纤弱浮华，若徒斤斤于细谨，涂泽是尚，此文艺所以不振也。宋元大家，力避作气，以端正轨，非董、巨、二米其谁与归？" 11：50回院。到张庆善办公室开社委会。书展展台的设计问题，少花钱而有气派，如何处理？图书设计与印刷的整体把关问题、图书选题的成系列问题。14：00到亚运新新家园见孟左飞，取苹果数箱。15：00看《周扬传》，内中涉及历史和政治问题、人物，需慎重，还要专门报批。15：40李培强在线，谈起文革批黑画时，黄永玉赠诗给范曾先生，有句云"万人丛中一握手，使我袖口十年香"。"十年"，长还是短？16：00审《作品与争鸣》第11期稿。16：20乔占祥来，送辛集中学60年校庆资料来。人气，就是运气。必须上层次。高级的人与事，省力气，还容易有效率，一般的人与事，小而费力，瞎耽误工夫。

我们的路啊，哪辈子能在关键地点有清晰的标牌呢？我们周围的人，什么时候能在乘电梯或者公共汽车时，做到先下后上，就证明文明进步了。其他特征还有：路口标志清楚、不随地吐痰、家里有书架、不胡乱开车。北京之不如中小城市处，就在于路口红绿灯没有数字提示，据说石家庄原来有，后来又拆除了，是否有意让人闯红灯，拍摄下来以便于罚款，可以挣钱，有了赢余再进行其他建设？

10月29日　星期六　晴

先其能正，而后还须能辩证，始得之。

15：00到旺京画家刘怀山画室，肖勇在。人物为主，提笔便来，甚快捷。吴悦石来，赠书一册。16：40到百万庄上岛咖啡见唐剑。19：30大家到丰毅桥燕北实业，原为陈氏太极拳培训院。聊天。听景影唱歌，唐剑拍沙发奏乐。

地名，如人名，也需要宣传。很多东西其实都差不多。物与人之关系，得之失之，全在机缘也。有经历的人，没时间没能力写，有时间有能力写的人，又没有那么实际的丰富的经历，奈何。"把活佛拐跑的女人"——多吸引人的名字。这里发生的真实的故事，其戏剧性是编造不出来的。西藏，是一个容易滋生出感情的土地。人与人之间的依存距离，容易被拉得很近。感情空虚的男女，在这里一拍即合。这里有大美，有壮阔，有雄浑。在这里，你会意识到平日触摸到的小情调，原来都是无病呻吟。这里是本性的冲动，埋藏着最原始的真情。很多很好的东西，闲置浪费着；很多不好的东西，超负荷使用着。好的声音，圆浑，近而不闹，远而可闻。有的人和文章，让人无从揣摩、无从置喙。我们的马路标志，包括像北京这样的大城市，都很不到位，很多路口没有标志，尤其开车很不方便，一旦走错就绕很远。管理部门不敬业、懒惰，怎么能假设行路人都熟悉路况呢？路标的作用是什么？人之一生，若同一梦，则白日愚行，为梦中之梦。写文章，不能糊涂其意，把过多想象的权利留给读者，如同走入迷宫，胡乱行走，任意歪曲。要明确思维，规范思路，以我的意思为意思。没有方向感的人，聪明不到哪里去。指路要具体，因为说"在对面"，就有四个方向，在"东北角"，就仍有两个方位。真到像假的一样，是大真。仁义到像无情一样，是大仁义，是自然。

"巧言令色鲜矣仁"，符合统计学。宋人李嵩《骷髅幻戏图》绢本团扇，已有人体解剖的意识。其中内涵了道家庄子"齐生死"的理念，对繁华人世、生老病死之现象有警醒的作用。

10月31日　星期一　晴

来办公室者，请吃巧克力，察可识人：吃一块以上而不申请者，为贪婪；糖纸闲抛乱置而不知放于垃圾桶者，为不恭谨。

13：30到现代文学馆，看巴金雕像。巴金大概是中国作家中不拿工资的一位。不专心成不了事，太专心也成不了事。书非买不可读也。没有付出，得不到真东西。沾便宜不容易，吃亏更不容易；因为吃亏要有基础条件，吃小亏沾大便宜，吃大亏沾小便宜更奇怪。凡俗的平常事情，即是大道理，实践它，就能成功。

为水为流，其细者不论，至于中流者，各自分道奔途，倘能合聚一流，必成大观。

谁愿意舍弃自己的宏伟蓝图而甘愿为别人服务作基石呢？

16：25到永安宾馆见文怀沙先生。先生方书得数纸，其一联语曰："挥毫散林鹤，研墨惊池鱼。"有人见到文老，说"你怎么还那么身体好"，文老说"你应该问你怎么还活着"。再读周汝昌先生给文老记述丙子年（1996年）聚会有感之信札，录下内中的四首诗，拟补于25日之日记。文老赠艾青夫人高瑛诗集《山与云》。又给文老看我和李嘉存合作的那张《仙鹤八哥图》，内容怪异，难为题款，文老捉笔，写道："君自九皋来，三八哥拦截，欲学鹤唳耶？高尚士之遭遇往往如是。自默乎？我欲无言。乙酉霜降后。燕叟文怀沙。" 又阅文老为崔如琢写的文章，言及拜师事。又，言及12月中旬去九江庐山事。21：25回黄寺，画画。作达摩三纸，其一为八尺整张，大幅不容于壁，分段画之，达摩端坐荷池边，有荷盛开，一叶高擎，一只青蛙栖于膝侧，画毕，录《心经》全文于上。1：00休息。古人所用纸、笔、墨，与今有异，故所得面目亦有因之而殊态。用笔无力，在于失法。用笔之道，在于欲左先右、欲右先左、欲上先下、欲下先上，总之，勿使径奔目的，要得一波三折之妙。要悟如锥划沙、如印印泥、如屋漏痕、如折钗股之感，此些须于意念上完成，不可在动作上夸张。脑际一戏，纸端百得。

妻示《夜》一首："夜走了／无影无踪／却占据了时空中

浮动着的故事。／夜走了／无声无息／却阻隔着你再也无法回到过去。／就这样，夜从容地在你身边走过，无声地将所有的日子掩盖成回忆。／就这样／夜慢慢地看过千世万世／轻轻地告诉你永恒的只能是沉寂。"

慈航一渡，法悦三秋。

二〇〇五年十一月

11月2日　星期三　晴

10：30在三楼开社委会，关于"艺术科学大系"的出版。如何把艰深与通俗结合起来，是一个学问。见厕所有"为建成节水型城市，请您节约用水"广告，太罗嗦，若为"我们需要水"或"城市需要水"更直接也更有效。

不成事之人一定毛病特多，成事之人也一定毛病不少。不可任性，不可因一时之意气用事而与人做绝，他日或重新面对，走在同一条道路上。一时路上相逢之人，即便摩擦，也非有意，故万不可争执相斗，转身即各奔前程，本亦陌路而已。有付出的痛苦的获得，才珍贵，才深刻。同样的物品，价格高的才觉得价值大，亦为此理。不是他不懂，不是他做不到，是他没有相应的意欲。一为心情，二为必要。心情为主观，千金难买一乐意；必要为客观，有必要才能成事。但必要性也受到主观意识的左右。纯粹的客观与纯粹的主观，都不可能存在。荣毅仁生前做人做事有准则："发上等愿，结中等缘，享下等福。"可资借鉴。"中国人之所以和气一团，也许是津液交流的关系"，王了一在《劝菜》文中有此句，亦一时侧影罢了。飘尔秋风，落叶槿树，远畅芳声，无言佳句。你要宽恕别人，但不能奢望别人来宽恕你。你在观察别人，别人也在观察你。你认识的老路拥挤堵塞，只好绕道而行，你本以为绕了远，也许更直接到了目的地。绕道原来可以是捷径，反之，捷径也可以是绕远。

11月3日　星期四　晴

16：00王建川、郭兴月、龚军来。看玉，赏石鲁、黄胄画。购得翁同龢对联一幅，词曰："蹈规履信立德隆礼，根道核艺抱淑守冲。"又龚军云武宗元《朝元仙迹图》在美国私人手中欲以1.2亿出售，与王家新通话了解情况。16：50李培强在线，云世界首富盖茨在2001年接受意大利《机会》杂志采访，回答了三个问题：您认为最不能等待的事情是什么？谁不会第二次前来敲门？现在最需要抓住的是什么？他答到："天下最不能等待的事是孝顺；对一个四十岁的男人而言，不会第二次前来敲门的只有初恋；第三个问题，恕我直言，是行善。"案中第一是真，第二是美，第三是善。"君子尽心焉，尽力焉，以邀命也。《易》曰'穷理尽性以至于命'，此之谓矣。"（唐赵蕤《长短经》之《运命篇》）

17：20离办公室，与王建川等到潮白河畔东方太阳城见伊蕾，收藏俄罗斯油画甚多。20：20到小画廊一看，遇油画家王国伟，购其羊、牛小油画各一。"老年社区"，不如叫休闲社区好听。央视的"夕阳红"，名字不招人喜欢，谁愿意把自己划归老人圈呢。现实主义是艺术的最高原则。莫奈；无言。经常礼貌；偶尔胡来。视觉画面解决问题，不足时解说词辅助之，无法解说时音乐补偿之。

妻传诗《凤凰涅槃》云："古有凤凰鸟，凤歌和凰舞，即即复足足，左右相容与。饮得福长水，流得相思泪，闻得人声恶，见得世污浊。恩怨半千载，重归丹穴山，集香木自焚，倏忽不俱全。忘却前生冷，抛却今世过，寂寞与衰败，尽随浮生没。火焰中重生，灰土中交错，我便化作你，你就成了我。凤凰已涅槃，更生莫言决，见一切之一，识一之一切。真诚里自由，和谐里无外，愿此从天寿，举杯复开怀。"

11月4日　星期五　晴

16：00到电视总公司见冯存礼、李福成等。20：10到柴岩柏宅聊天，吃巧克力。看到柴兄早年为崔大姐所画油画肖像，建议装镜框珍藏。

饱满不易，圆满更难。饱满非指肚，圆满旨在心。损之又损，以至于润；润之又润，众妙之门。素、羞、妒、愁、狂、腴，此妙品之备乎？石，犹人也。水涨船高，与成功人接触，是走向成功的一大秘诀。社会很宽泛、很虚，所以让需要的人承认，就是社会承认。

11月5日　星期六　阴

是日北京雾霾天气，甚是可恶。

15：30到大钟寺爱家收藏市场，题名为范曾师所书。在门口木器工艺品处买紫檀微型自行车两个、马车一架。到二楼看油画，喜文革题材，买两张，仅160元，便宜得惊人。艺术品竟至于此，据说南方大芬村有临摹西方油画的流水车间，价格便宜，产品遍布西方。看翡翠、玉石等物。18：40与妻到东四环燕莎商场，买衣鞋等物。又误走路，熟悉路况如我尚且如此，可见我们交通标志的糊涂，不文明啊。画画，得《西湖七月半》两纸，取材自张岱《陶庵梦忆》。闲僧名妓，酣卧十里荷香，文人惬意，至于明时，风华超绝。又为柴岩柏作达摩一纸，录《心经》一过于上。

如果说童年的信仰，只是平凡日子的光景，那就在深秋的梦里，尽兴探访落叶的醇黄。

11月6日 星期日 晴

11：50看CCTV10《子午书简》，读巴金《愿化泥土》，中有句："公道、平等的观念也是在门房和马房里培养起来的。我从许多被生活亏待了的人那里学到热爱生活、懂得生命的意义。越是不宽裕的人越慷慨，越是富足的人越吝啬。然而人类正是靠这种连续不断的慷慨的贡献而存在、而发展的。"被生活亏待的人，却热爱生活，受苦反而可以排除私心杂念，反之，生活富足的人，却得忧郁症，甚至轻生，有意思。12：00看CCTV3《魅力新疆》，神奇的土地。丝路、驼铃、楼兰、罗布泊、胡杨林、和田玉，在沙漠中的蓝天白云绿水，是仙境，向往那里都是一种奢侈。12：30作画。是日余作《和而不同》由保利拍卖2.5万售出，此为初次露面拍卖市场。16：50回黄寺。儿子已将紫檀马车轮子摔坏，作业特慢，训导之。23：30回黄寺。画画。0：30休息。

从来大儒，于童稚时定得终身之品，故之蒙养之功不可稍息。譬犹甲乙二人，素为友善，忽一日，因事而将聚讼，互相推脱，适逢丙者过，甲乙乃合谋，转嫁于丙，丙无对证，累焉。

11月7日 星期一 晴云

10：30美研所王端廷来，示其人民大学出版社之《艺术东西》丛书，谈出版规划。18：00到明光桥苏志军宅，吴天明、侯耀东、李克等在，喝酒，得《十竹斋笺谱》两册。1：20回黄寺。画《净心莲》等。3：00休息。

有农村生活经历，对城市中生活的人来说是一笔巨大的精神财富，那是别人不具备的。国画作品没有一点寓意，当然不是好作品，但是寓意太着相、太肤浅，也不是好作品。国画作品不是漫画、连环画，更不是哲学插图。"给一点同情的掌声吧。"

"一字为师，终生为父"，需辩证而客观地对待。倘若"一字之师"也可为父，其父不亦过多乎？为君子不齿。

哲人啊，你是思维没辙的人。胡思乱想，足以惊"哲"。

11月8日　星期二　晴

9：30到办公室。黄宏先生已到，送《从古代铜镜看中国人的飞天梦》一文，铜镜甚古雅珍贵。

"学问须验证于人伦事物之间，出入食息之际。试思尔等此番何为而来？能无愧于所来之意，便是学问实际。"——明·孙奇逢《孝友堂家训》有学而不能移性易习，不算有学，苟一言不如意，即以声色相加，此匹夫也。虽或有所学，然不能行之而益生，不算有知。樵者有歌曰："离山十里，柴在家里；离山一里，柴在山里。"远取诸物，近取诸身，但求放心，更方便生存，是学问之初衷。明道理，做好人，是道理所在。改变习惯，自日常事物始，洒扫应对，以除其惰傲。惰傲既除，则心自能虚，理自能明，于容色词气间，无乖戾舛错。

9：40黄学礼来，取画二纸走，书"燕砚斋专用"字样以做专用纸，并补题达摩一纸托赠许嘉璐先生。15：00赏九州出版社《十竹斋笺谱》，甚精美。15：30读本社出《齐子如画集》，子如为齐白石三子，又转师陈半丁，书中有子如画虫、白石补花卉之作，可以参照鉴定齐白石传世画作。16：00读书家葛世权函札，示《忆故人》诗一首云："满目秋黄景，方知别日长。情随年后减，酒向佛前荒。梦里呼相熟，书中识旧狂。残痕污客袂，犹忆醉高堂。"读来甚畅心快意，乃信手和之云："我亦钦秋景，晴云竟日长。高怀何所减，胜迹不曾荒。最苦书翻熟，还求墨彻狂。明朝频把袂，一意舞华堂。"

18：00到西院。看CCTV《中国骄傲》，英雄以牺牲生命换来的名字，有多少人记住了呢？比起明星差远了，此价值取向和趣味关系值得大众媒体思考。19：30到东院理发。总想理个光头，这个愿望实现起来也不容易么？人之不能自主，是不自由的表现，是社会传统伦理道德观念之所以为鲁迅叫作"吃人"二字的因由乎？21：05回黄寺。月白风冷，立冬矣。作画，意临《十竹斋笺谱》，当有所得。23：30休息。

信是银瓶秋水满，当知圣域素心长。

11月9日　星期三　晴

14：30开邮箱。得妻散文诗《叶》："当春去秋来将繁华推向极致／你却日渐疲惫无语／我知道／你的离去已成定局。／当猎猎秋风从我们身边掠过／你却急切地荡起身体／我知道／你和借口已相当默契。／当你的离去使我从此了无生机／你却欣然地游走在自在里／我知道／你已将旅行定为今生的终极。／望着你在空中君临天下的身影／我只有在追忆中默默哭泣／其实我知道你也知道／你整个的旅行只为走完那段回家的路／然后我们又将重新合二为一。"

15：50到永安宾馆见文怀沙翁。女作家空林子、林菁兰在。徐刚说文老"寂寞似水"，空林子说文老"孤独如碑"，文老不大以为然，请人刻了一方闲章，印文曰"云何孤寂斋"。16：20文老讲诗人爱伦堡关于政治家的"脾气"和男人之间"友谊"的笑话，又讲人的行为的"器官交易"，哲人明明白白地卖赤裸着的大脑，妓女则卖掩藏着的器官。17：00请文老看新作青蛙，为题"春来我不先开口，哪个虫儿敢作声"。18：10与文老等到武警招待所。20：30送胡俊杰回广院。

妓女生存在哲学的第一线，用身体实践生存的意义。她们的哲学体验是用屈辱和眼泪换来的，她们的生存行为很辛苦，她们不淫荡，她们不是情愿的，比起那些情愿地卖弄灵魂的荒唐者，要高尚的多。幸福，是用糊涂换来的。"像花一样"，言下之意就不是花。"你是世界上最像人的人"，接受或者否认这句话似乎都不合适。骂人不带脏字，是水平。

20：55回黄寺。物业正修灯具。顺手画荷花两纸，未惬意，但得茂密自然之态。儿子方眠，告诉我他弄明白了先有鸡还是先有蛋的问题：肯定是先有鸡，然后生出蛋；蛋不是活物，而鸡却可以进化而成鸡，然后生蛋。告诉他事物发展不是突变的，类似鸡与类似蛋的演化不是朝夕间事，互相衍生、完善，最后形成稳定的鸡与蛋。要问鸡与蛋的先后关系，是一个虚拟的泛问题、假命题，只有具体到哪只鸡和哪只蛋，才能确定它们之间的先后顺序。

人之不通泰，乃因遇事而太不通之故也。

11月10日　星期四　晴

8：00在传媒大学给研究生讲文艺思潮，以书法这个既实又虚、既似乎通俗又很是艰涩的话题切入。11：30与陆健、朱群在餐厅吃饭。13：00回办公室。14：40李培强在线，说"乙酉崔子，日日记之；不见男女，只见饮食"，答之曰"事有可者，有不可者，不可可不可，可不可亦不可"。

虚心，实体。"本分"二字，特别难得。增一分本分，便多一分本事。复制别人可悲，复制自己更可悲。命运——性格——习惯——惯性。脸皮、心理素质，这些阻尼系数的修正，是修养身心的主要可行的渠道。读书之法，在于一以当十，反复咀嚼一种，在实践中验证，也可以读很多书，从侧面"印证"实践之不足。真假学问，自己是冷暖自知的。不关系自身性命和生存状态的东西，都不是真学问。表面上眉飞色舞、夸夸其谈，背后却艰辛无比、痛苦不堪，那他的学问也只是隔靴搔痒的。眼界越大，胸襟越阔，而得力着手处，却仍要细致、收敛。"以约失之者鲜矣"，约束自己，恭敬谨慎，没有坏处。情绪化，容易失礼。

要注意短期效益和长期效益两个问题的区分。费力的事，不见得有效益；要善于在悠闲的时间，创造最大的价值。为政者与上游者游玩，即是佳例，而不是用来处理手边的琐事、问题和矛盾，那总是处理不完的，也没有多少用处，只要不出问题就行。

18：10到西院。儿子语文考试不及格，不是能力问题，根本不在乎。20：00到万泉河来德艺术中心，遇书画家文永生，八年未见，其一本书画集序是我当年所作。20：10刘墨回，20：15雒三桂到。与雒、刘订《中国当代学者书画家十二人集》名单，文怀沙、王岳川、徐寒、牛克诚、雒三桂、刘墨、崔自默、王家新、萧风等。信手用毛边纸临写字帖，不畅。22：55回黄寺。儿已眠，遇事入心，往昔弹琴睡中手指跳动，今则写字认真，梦中仍唤问"抬""治"等字写法。画达摩两纸。0：00休。

"我就是傻人有傻福"——真傻的人世界上有么？这个时代，是个历史的分界领，很多东西快做绝了，将来物种的留存是个问题。忽在书包中翻得在南宁夫子庙拜孔子像时所得签纸，有句云，"个人逢凶，君子顺吉，得处无失，损中有益"，正是吉人天相、得失互存、损益相间之意。对我而言，最要紧的是时间的合理安排与利用。

11月11日　星期五　晴

昨夜梦中似遇八大山人，睹其挥笔，落墨有秩。

9：00到办公室。书法院李胜洪约去京西见周文彰到美术馆看书法展。11：15美研所牛克诚来电，昨刚谈起他，亦巧。11：35到蜀南人家。唐剑、景影、杨亦平、黄为、刘墨、赵羚等吃饭。是日院研究生院客座教授和博士生导师聘任仪式举行，范曾先生来。听刘墨说范曾先生画了一张六尺纸的周汝昌像，名曰"古道照颜色"并题诗，拟由院转周老。与周老家打电话，说不知此事。14：30牛克诚来，一起到画报社。曾翔、骆芃芃、杨涛等在。15：40孟祥顺来，聊郭长虹、刘波今与范曾先生来院参加活动事。18：20到大山子798厂川菜6号，两年没来了。喝树叶茶，略有寒意，看墙壁上的文革标语和图画让人有时空交错之感。18：30与张晓凌通话，谈到范曾先生为周汝昌画肖像和文怀沙先生为周汝昌题诗事，缘于周老百余张题诗《红楼梦》并书法活动事。前些日我曾向周老提及当年范先生曾为其作肖像画事，只是后来此画不知去向。近日周老有信给范先生，乃有此画。20：45到朝阳公园金台艺术馆。袁熙坤、苏志军、陈丹、高发、王静、冯可薇等在。小酌。21：30看袁先生雕塑作品，大多外国文艺及科技名人。21：50张建斌到朝阳公园西门，一起到华威桥。陈丹出，说要与老苏等看"二人转"，还要换鞋，麻烦，乃辞。误走京沈高速方向。我们的路口，怎么就没路标呢？古文明国家，使用文字于道路原来这么的吝啬么？23：15回黄寺。画荷。1：15休。

《论语》所谓"行己有耻"，是对无耻行为的警戒；"狷者有所不为"，则是警诫无所不为、为所欲为之行为，其中亦包括无耻吧。二人联手，其合力最大，但二力夹角不能太大，即两人业务范围不能离得太远，最好夹角是零。以酒"荡"歌。谁也不能坚持下去，时间会替任何人为他的不当行为认错。有些事情，其发生可能符合概率论，但不符合逻辑。事情的大小本来是客观的存在，但因为视角不同而可大可小。小东西，近看也会很大；大东西，远看也会很小。

大师周围需要有人气，不然真是孤独，有甚意思。道理是说不完的，故所谓学问学术是无止境的。"再忙，也要和你喝杯咖啡"，多温馨的一句话。"把客户养懒"，是雅昌的经营理念，颇有效，看似朴素，实质是包含了企业与市场及客户服务的本质。菜做不好有很多环节和原因，但大家往往归罪于厨师，乃因其责任最直接最明显而已。人有似邪实正者，也有似正实邪者。很多人之执着，亦乃"不得已"耳。

11月12日　星期六　晴而不朗

10：00起。教儿作煎鸡蛋。11：00写达摩两纸，不配景、不着色。15：00东三环书画古玩城，找王爱媛鉴荧光石。16：30到一楼田子坊见于仁平聊天，到各店一看，赝品甚多，真画标价高。18：30到东四十条爆肚冯，因标识版权问题"马"字遮蔽。杨炜志、演员程艺恒、高发等在，小酌黄酒。20：20回黄寺，作简笔达摩一纸。20：40与妻儿出发起北三环金源购物中心冠军溜冰场看儿参加的零度阳光冰球俱乐部冰球联赛。23：30回黄寺，作画。0：30休息。

言语别说尽，聪明别露尽，好事别占尽。先见一步，早退一步，是为明哲之士。"一亿"与"一"，其数量距离甚远，糊涂者不知其概念。熟练形成毛病；毛病形成风格。很多人知道马克思，马克思又能认识几个人呢？疏远，总是从外到里从里到外地恶性循环，渐渐致于破裂。输赢以进球数计算，而不以守球数计算，所以虽然防守很重要，但是进攻更重要。父慈、子孝、兄友、弟恭、夫健、妇顺，传统的这一套，虽不大时髦，但道理不朽。

11月13日　星期日　晴

13：20到华宝斋。15：00尹小林到，组织学者校订包括上百部经典的《国学备览》，约我校订宋人郭熙的画论《林泉高致》。18：20郑雷来，在珠海工作的大学同学有五个。

"无利不起早"，办事时，要考虑到所有环节的利益，才能保证整个过程的推进。力而无利，非力也。势力而无利，非势力也。"道可道，非常道"，就是强调辩证性、不一律性。"没准儿"，就是"道"。理需要辩论，理不"辩"不明，更需要变易，不"变"亦不明。"奇装异服，最容易被认作是艺术家"，尼采有如是说。奇装异服的艺术家，类似于戴十个金戒指的有钱人。随便一说之言论，也许只是当时一个特定语境下的结论。引起人注意尤其是论争的言论，一定是带有一定偏激性的。中国古代早就有了《易经》，但在历史的进程中，各个朝代的科技水平并不都是落后的。如果说《易经》有那么大的影响力，那么可见中国文化与哲学就要一部《易经》就可以了。任何事物的发生与存在，总是多个因素同时起作用的。

22：15回黄寺。皓月当空。作达摩两纸。0：00休。暖气甚燥热，开窗又凉，与妻聊，时闻儿咳嗽，朦胧中脑际多画意，手中如有笔挥动，竟难以入眠，起喝水，正凌晨4时。

把自我一己之精神，置诸无限虚空的物质空间，始得以摆脱有限的绝对的烦恼，实现无限的相对的永恒。

11月14日　星期一　晴

17：15李培强在线，曰"崔子纵有大智慧，无奈高速总迷路"，"日记除多饮食外，即是多迷路。古英雄失路，今崔子迷途"。提到昨晚与戴学周一起，学周请范曾先生题写了"紫砂文化研究会"。还说谢谢我写了《为道日损》这么好的书，我则谢谢他能认真读我的书，有时间我一定再写几本这样的书。他还建议再版时像《河上花》这样的八大山人的代表作应该大一些，我说那是编辑的事，不过，很多读者对这样的作品是熟悉的，而我只注意文字陈述来表达我的思想就行了。

世界很大，英雄很少。火气会把你自己点燃。任何概念，都需要包含了具体内容的具体形式来实现。"不是那么回事"，针对很多人莫名其妙的话语，可以直接这么回答之。"他怎么这样呢？"对很多匪夷所思的行为，你有时会直接超越愤怒和大笑，只留下这样冷静的问话。"初生牛犊不怕虎，长出犄角反怕狼"，无知其故，故无惧焉。有些事情虽真实，但是不能直说出来的。人生之路，要走过很多路口，所以必须一个选择接着一个选择。20：45回黄寺。写《程颐观鱼图》一纸，题曰："始舍之，洋洋然鱼之得其所；终观之，戚戚然，吾之感于中也。"（程颐《养鱼说》中句）此中见出人与物之交流感应焉。

11月15日　星期二　晴

9：30花山文艺出版社张国岚来电，谈到现代书画收藏及史树青先生。10：15周伦苓来电，周汝昌先生有信给范曾先生。来日方长，但一不注意，就都全放过去了。因果因果，一至于百，无以还债，一了百了。同时作精神与物质的主人，是双丰收。吝啬的人，是上帝在有意惩罚他；他的吝啬是天性的，他节省下来的财富，自己都不知道将来是谁替他花费出去。21：30回惠侨饭店。23：10散场。23：30回黄寺。校订《林泉高致》，各书标点不一致，各自有理，理解有异，完全权威亦难。翻阅上海书画出版社1998年版《中国画学著作考录》，错别字连篇，有损兴趣。郭熙《林泉高致》讲到画也有"相法"，以李成为例，云"李成子孙昌盛，山脚地面皆浑厚阔大，上秀而下丰，合有后之相也，非特谓相兼，理当如此故也"，玄而亦妙。听歌。"白日放歌须纵酒，青春作伴好还乡"，杜甫《闻官军收河南河北》有此等情怀，岂是拈断数根须者可悟得。"作伴"，半而后止，因电之来，如影之去。认识的人可赞扬，不认识的人其优秀者更应赞扬。现在的城市中邻里关系淡漠，互相猜忌，岂敢交心？

11月16日　星期三　晴

9：50到皂君庙北京电视台。10：30开始录《北京特快》财经栏目，主持人李海峰也画画。讲黄胄的绘画特色、艺术道路，以《丰收图》为例子讲国画市场的收藏。13：40出发到保利剧院三层参加女子十二乐坊环球表演广告代理活动，停车20分钟，扫兴。到7层见李达，保利拍卖公司很忙碌。16：00与陈丹等工体有景阁喝茶。陈丹建议张建斌以后用张九千一名。忽然发现，桌子上两个白茶壶放在一起特像女人的丰乳。

"爱，就别怕伤口"，歌中好词，可参其他。从0到1，比从一万到一亿，还要厉害而伟大的多得多。权利就是责任，责任就是负担，负担就是痛苦。谁愿意为了权利而承担过多的痛苦呢？“久病床前无孝子，临财厝内有疏亲”，《增广贤文》言语虽朴实，但道理甚透彻剀切。我不像被认为的那么重要；也不像被认为的那么不重要。

11月17日　星期四　晴而不朗

不去厕所的人，是雅人；去厕所的人，是俗人——彻底的雅致之人不存在；时刻表现庸俗的人也没有。什么都玩与什么都不玩，同样不入流。“双桨浪花平，夹岸青山锁。你自归家我自归，说着如何过。我断不思量，你莫思量我。将你从前与我心，付与他人可”，宋人谢希孟《卜算子》的这首词，真真是道出人世间有不得已者，比如主观之情者。“此生谁料，心在天山，身老沧州”，陆游《诉衷情》中句则道出客观的不得已。“不得已”，先贤论之者甚夥。“有为也欲当，则缘于不得已。不得已之类，圣人之道”（《庄子集解·杂篇·庚桑楚》）；“人之言也必然，有不得已者而后言，其歌也有思，其哭也有怀”（韩愈《送孟东野序》）；“吾听风雨，吾览江山，常觉风雨江山外有万不得已者在”（况周颐《蕙风词话》卷一）。客观困难，谁没有呢？

12：40与喻静到赵春强办公室，《艺术评论》第11期上有我的《只缘不在那山中》文，因刘心武与《红楼梦》来谈文化观念，文中及文怀沙与周汝昌先生。13：20石兄来邀到亚运村古玩城鉴物。在一家店有沈尹默墨迹（楷书条幅一、楷书扇面一、行草书信札四页和诗稿四页），又有清道人信札（三页）、吴青霞诗札（四页），总计九千元价得之，将沈氏扇面（为录其自作诗）及李信札（给拙庐，道及康熙时画家“望橹子”，并论及石涛"晚年署'耕心草堂'之作，用笔浮滑，殊少遒劲，顿失国画正轨"）、吴诗札（行楷书，为民国廿年即1931年吴氏写于常州女中，用"爱国女子中学便笺"，内容为七绝七首、七律两首，兹录其一："向时载酒江东去，今日山阴载月回。一片闲情谁解得，晚风溪上破疏梅。"）清道人为张大千书法老师，笔迹右下倾斜，张大千则改为右上倾斜，内中有字写法完全是张大千面貌。

15：45信札收藏家臧伟强来电，道及刚才古玩城所得，唏嘘。16：10清华美院金妹来电。只是有时间、有眼力，在市场上捡漏还是可能的，店主自己也不见得有把握；然后就是流通的能力，要有很多有实力的下家，不然把东西全都留在自己手里，也没有太大的意义。有爱好的人，才有天才，才有成就，也因为乐趣而工作，才可能成为更有发展前途的好人才。有了正确而稳定的大方向，在局部就不会太拘泥或犹豫。一定要系统地全面地进展，如盖楼，不能一间间地盖，而是要起好地基，一层层地上去。你抬他，他抬你，互相抬，相得益彰。你贬他，他贬你，互相贬，恶性循环。他高，抬你，才显得你高，你抬他，才显得他更高。

"宁得罪白发翁，不得罪鼻涕虫。"今天的历史由后来人写。在时间面前，任何一时的大英雄都会被击败。

19：20与妻儿到红庙北里周汝昌先生宅，送《艺术评论》第11期。与周伦苓聊到范曾先生为周老画的肖像。儿子与周老照相，让周老看我的画留影。19：55辞，过棕榈泉，适巧徐嬿婷来电，上楼一见，壁上有文怀沙先生为其新题"爱莲居"。看她新作油画风景，听其妹念散文。21：40到坦博艺苑见白松。22：25回黄寺。风清水际，月白楼头。0：30校订郭熙《林泉高致》毕。

1：00休。

交情，不能矫情，要真实。"交"，需要时间，是很大的成本。

11月18日　星期五　阴

每日6：30儿即起床上学。教育之形式枯燥与规矩之辛苦，或许其意义在于培养一个人的良好习惯以及应对度过无聊时间的能力。得失相间。此一时也，彼一时也。舟不行于路，车不行于水。什么东西不是双刃剑呢？

推舟于陆，最为愚行。"著述须一幅坚贞雄迈心力，始克纵横。"傅山此句真为折肱之语。他少时记忆惊人，背诵《文选》，"吾栉沐毕诵起，只于早饭成唤食，则五十三篇上口不爽一字"。他认为"金辽元三史之载记，不得作正史读"（《霜红龛集》），可见其态度。

10：40李培强在线，说到清道人李梅庵，其论书有"写字如同做人，先把脊梁竖起"、"莫学钟王软美，须求篆隶精神"、"悬臂乃能破空，下笔惟求杀纸"。作书如做人，其理同。培强说"男人想当爷，就得直就得硬"，"要超过老师，才算真本事"。清道人的学生张大千，就远远超过了老师。13：00整理旧照片。其中有一张拍于永安宾馆文化沙龙，是2003年8月16日文怀沙先生书赠《健美先生》，句云："'天行健'，'天'之美在于'行健'，人之美在于'自强不息'，人之'自强不息'犹天之'行健'也。"此盖天人合一之一解也。22：10与李培强到黄寺，聊天。为其画达摩一纸，并书一纸郑板桥赠袁子才句"室藏美妇人夸艳；君有奇才我不贫"。

几时行乐，及时行乐，既是行乐，集市行乐，积食行乐，继室行乐，即使行乐，疾驶行乐，记事行乐，济世行乐，行乐行乐，行了行了。事在人为，可大可小。地在人种，可丰可草。历史就是一部包含了乱臣贼子的历史。最高级的记录片是现场的展示，不需要什么后期制作。后期制作就像贴补丁，总不如当初的原装。要成事，需要死党与一个不能说破的游戏规则。引导别人犯错误，是管理的一种方法。"多见何益？"此政治游戏适合于经济规则，时间就是最大的成本。

改革（reform）不等同于革命（revolution）。形而下是器，是死的。形而上是道，是活的。道是活的，不易把握。人是活的，也不易把握。无限地逼近全才的人，是人才。

11月19日　星期六　阴

偷师学艺，在于悟性，真正的弟子未必能有此机缘，未必能用心勤奋。"一切举止到要安详，十差九错只为慌张。"告诉儿子这个道理，儿子反问，"考试也要不着急么？"批评孩子要在他高兴时，容易接受。接受，是教育根本。

14：20到华戎城宾馆。15：00冯容带人来，鉴董其昌《武林净慈寺玄津法师瘗塔铭》手卷真迹。15：10出发与李培强到今日美术馆，有超级征名终极PK秀，当代艺术+观念地产。与张子康聊。16：40与李培强到北五环星空俱乐部开业。遇画家占山、陈亚莲、设计家陈绍华。18：30到西湖新村作家老村宅。赏老村近作毛笔画，颇有丰子恺意思。中有一幅"空欢喜乃人生之大欢喜"。23：00看美国片《生死时速》。美国大片有自己的套路，悬念是故意设置的，个人英雄主义是免不了的。16：30整理资料。17：10为华宝斋策划撰写"国学专题研究"资金项目。

最是相思处，乘闻仰秋风。

11月22日　星期二　晴

德，是福的根基、载体。德，包括了身和心的全面。"乖僻自是，悔误必多；颓惰自甘，家道难成"；"凡事当留余地，得意不宜再往"；"善欲人见，不是真善；恶恐人知，便是大恶"。朱柏庐（1617—1688年，名用纯，字致一，号柏庐）的《朱子家训》，读来最可养人。

11：30周汝昌先生来电，在电话中谈到我针对近来缘于刘心武及《艺术评论》的关于红学的论争的文章《只缘不在那山中》，说此等圆融的文笔与当代学人中不得见，"不作第二人观"，乃是对我的偏爱、器重与鼓励，余当即录之。周老约我为他刻白文印一方（不要朱文），词曰"红福齐天"，"红"（以代"洪"）者，《红楼梦》也。我喜欢白文，近来只作白文，而周老也喜欢白文，当非偶然。周老看不见我刻印，但喜欢听我刀行石上的声音，等见面时当即一挥。白文印最见刀法，挥洒之际，才气与功力毕现；朱文印线条非一刀而成，乃做作修饰所得，故泯灭刀法，不见性情。

12：00给齐峰打电话，铃声为胡彦斌的《红颜》，声音甚幽绝委婉，好听。12：10到食堂。遇《艺术评论》主编沙林，谈到周汝昌先生，欲约稿，道以原委。谈到国学，我以为针对国学研究可以作专题。国学研究不是照抄照搬典籍来做所谓的学问、评职称，不是简单的资料整理、汇编与翻印，不是或国家或民间投入大量人力财力建设一些学校了事，不是在小学课本中加入国学内容害了孩子们的兴趣了事，而是要有目的性、针对性、实效性，发掘发现国学中鲜活的东西，推陈出新，化腐朽为神奇，发展发挥那些有用的实际的内容，赋予恰当的现代人群便于接受的形式，以指导当今的和谐社会与精神文明的建设。12：50回办公室。13：00读邮件，上海施行先生在世华文化网博客上有散文和日记，其中有一篇《老头儿汪曾祺人生略影》，感情真切、文笔甚佳，汪老是施先生的姑父。14：10王建川来。看人民文学出版社出版的冯骥才《水墨文字》，里面的插图提醒我重新认识了大冯的画。好看而有意思、有想法、有主题，不似很多所谓职业画家的没有意思、莫名其妙。17：20到北太平庄见柏松。在sohu搜狐与sina新浪学会开通博客。19：45与柏松到清河南镇老宅门吃饭。

余作荷既久，益知得其自然之气象殊为不易，参差掩映，扶疏其态，非深得画理与画法者不能仿佛也。

11月23日　星期三　晴

"立志之始，在脱习气。习气熏人，不醨而醉。其始无端，其终无谓。袖中挥拳，针尖竞利。狂在须臾，九牛莫制"（《姜斋文集》），王夫之（1619—1692年，字而农，号姜斋）如此之言，是看到了人的性格体现于习惯这一细节。船山先生继承王充和张载的唯物思想，又反证了程朱理学和陆王心学，才有此具体而微的体会吧。没有所谓的特殊的日子需要等待，因为每天都是特殊的日子。每一天都是需要珍惜和享受的经验，而不是随便地过去。"等有一天"，也许永远等不来。"找机会"，就是在失去机会。

11：30李培强在线，问："我们单位搞副总监竞聘，有四个人竞争，都找了我拉票，我只能投一个人。问题是我怎么回答没有投票的人呢？实话伤人，假话违心。"答之曰："宁违心，不伤人。"此"两害相较取其轻"之例也。12：10到亚运村汽车市场交养路费和车船使用税。人与车一样多，热情都是冲着钱来的，哪里有真想着为人民服务的。每年有关汽车交费的事情很多，地方还不在一处，很不方便群众，何不在一处交齐然后各管理部门再进行内部分配？为了安置就业人员么？15:20汪季贤来电。19:00到小西天今日美术馆，车不好停。有北京同路而行油画家展览，并"北方的诗学——同路而行2005年年鉴"。电梯中在两买内镜子之间，发现无数的"我"。镜镜相照，象无穷尽，人之思，有类于此，再思可也，多得无益。

懂其道理而运用不灵，等于不懂。知而不能用，等于不明理。现在你弄出个什么东西能引起人注意，很不容易。你就是站在大街上撒尿，未必能有人理你。"怎么没人理我？"你感叹。怎么选择道路？是革命的首要问题。你太超前了，群体没有和你在一起，于是你放弃了；等你反省过来想继续下去的时候，发现你反而已经落在了群体的后面。所谓的谦虚，重要的不在于嘴上，而在于心力上和行动上。必须先有所不为，积累力量，有属于自己的东西，厚积薄发，才可能走出去。诗语言具有朦胧性、感性，不同于文章的语言的具体性、理性。

20:30到华宝斋。听琴、喝茶、小憩。想身栖于岩上，或乡间树荫之下，揣摩无所事事的感觉。21:40书《心经》全文一纸。23:00离华宝斋。

医不自治，不是一个不自信的问题吧。怀恋过去曾经有过的无聊的日子。

23:20回黄寺。画达摩两纸、荷花一纸。以《摩诃般若经》中"青青翠竹，总是真如；郁郁黄花，无非般若"、"色无边故，般若无边"禅语题其上。1:30休。色无边故，般若无边。从来今日始，一意到峰前。

11月24日　星期四　晴

10：40整理资料。顺手写成《怀恋无聊的日子》一短文。11：10王万慧带茶来，遵文怀沙先生嘱托万慧带《为道日损》一册给靳尚谊先生。11：20咸阳中国画院院长韩舒柳到北京，安排在武警招待所。我1985年到陕西咸阳上大学，晚上和周末闲暇时常去韩老师处，韩老师给我画画，还常鼓励我，他现在的画上还用着我当时刻的"柳手"等印。1088年我和石友的书画展即是韩老师题的展名。1989年我大学毕业到北京工作，1990年"咸阳风物画展"在中国画研究院举行，后来韩老师又来北京编辑《世界当代美术家词典》，我被列其中。记得是受韩老师之托，我有证书给王朝闻送到红庙北里，认识了美学大师王朝闻，后来才继续有缘编辑22卷本的《王朝闻集》，系统体会了美学的精髓。没有诸如韩舒柳等老师的熏陶和鼓励，我不会对国画艺术产生如此之兴趣，也不会走到今天的生存状态。

14：50上百度查"为道日损——无非般若"，得《宗镜录》卷四十二有句云："是以菩萨虽能自利，又乃讥他，常为众生不请之友。故《胜鬘经》云'以摄受折伏故令佛法久住'。是以沩山有警策之文，无非苦口；净名垂诃责之力，尽破执心。若佛法中有诤友，则学般若道侣保无过失。故书云，'道吾恶者，是吾师；道吾好者，是吾贼'。又云，'三人同行必有我师焉'。况佛法内学出世良因。宁不依师匠乎？""言下现证，修慧顿成，如云'为道日损'，'为学日益'。损者损于情欲，益者益于知见，不同外道邪师及学大乘语者。口虽说空不损烦恼，此非善达正法。皆是恶取邪空。唯法器圆机方能信受，堪嗟邪见垢重之人闻亦不信。"——此可作道学与佛学之于"为道日损"思想具有统一性的注脚。"道吾恶者是吾师，道吾好者是吾贼"与道家绝圣弃智又如出一辙。一切法门，无非用意解脱。般若海阔，入而后悟无边。

15：20刘洪郡来，说"宁可跟好汉牵马，也不作毛贼山大王"。16：40到武警招待所见韩舒柳，又有五六年不见了。韩老师准备出画集、办展览和开研讨会。假如韩老师不蜗居于咸阳，而是在北京有一定的位置，他的影响会更大、很大。17：00与韩舒柳一起到西院，吃烤鸭。当初我对书法、国画和刻印，都是"玩"，也正是玩着，有了越来越大的兴趣。没有兴趣就玩不下去，而任何成果都是玩出来的。大师也是被鼓励起来的。兴趣开始萌芽时，需要鼓励，以焕发天才和动力，坚持下去，就有成果，就能成功。看韩老师欲出画集的国画精品五十幅，是他三十年的积累。三十年磨一剑，要求很严格。其中有极精湛的，采用摄影的逆光效果，敢于用墨，但不是死黑，要有内容。敢于远近、明暗、高低对比，构造自如。他说有的画一幅都要付出很大的劳动，甚至生命的代价，他曾冒着翻车的危险穿越高原，亲自感受那神圣的力量，那是心动的产物，是纯粹的艺术品，不是可以轻易示人的商品之作。早年师从石鲁、方济众、叶访樵、何海霞的韩舒柳，烟云供养，其国画有雄气、霸气，笔墨大气淋漓，大开大合，毫无做作之气，允为当代中国山水画大家。他说，作大山水画，要有愚公移山的精神。

不要指责贫富不均，因为人与人的差距实在之大。身是不动之港，心似不系之舟。"天浩云逸斜阳残，隔窗西风落叶寒，但凭秋愁助相思，难消散。释卷低眉心绪远，十载恍若一夕间，多少春光无限情，却无言。"妻有此好句。

11月25日　星期五　晴

10：00《中国文艺家》主编许松林来，两年不见，杂志变为时尚模样。10：50田丕津到，看其编辑的范曾先生摩崖及碑刻书法资料，拟出书，南北行走搜集资料，殊为不易。15：10到坦博艺苑见白松。15：25回院，人美出版社来送《为道日损》五十册。

垃圾为什么有人捡？因为可以挣钱。任何大师的成功与地位、影响，亦非一人之力，当有很多热心人默默付出大量之劳动。"应该炒作青年画家的作品"，我之所以提出这一观点，不仅仅是我自己属于青年画家，更不是说前辈画家的东西不好，罗卜白菜各有所爱，谁也不能左右整个市场，更不可能占尽天下风水。比起朦胧来，太清晰也不好。"先天而天弗违，后天而奉天时"。有心可鉴，其意当足。功亏一篑与彻底失败是一个结果。你可以装着有情绪，其实心里未必真有情绪，这也是一种策略。

胡适、鲁迅、钱钟书等人都开过"必读书目"，我不以为然，尤其是以今天的眼光来看更如此。所谓"必读"，就是不读不行，试想，有什么书不读就不能过日子呢？恐怕没有的，如果有没，那一定是生存和生活之必须，也许《孝经》、《家训》之类勉强能算上，还有进步一点就是《小学算术》、《辞海》。没有原则，因为有情。有知识的人都"贼"，聪明发生于知识。巧合之事容易被记忆，就更觉得巧合。

11月26日　星期六　晴

10：50与韩舒柳到潘家园。潘家园的妙处在于满足世人的淘宝心理，也确实不断有好东西冒出来。"让世界了解潘家园，让潘家园走向世界。"门口有这样的广告标语。潘家园，也许就是中国书画艺术的终结者。这么多乱真的假东西，让人连真东西都不敢相信。所以，应该考虑如何规范之，以保障中国艺术市场的正常秩序和走向繁荣。有局部成立而整体也成立者，有局部不成立而整体成立者，此可悟具体而微、一即万万即一，以及现代全息论。变化的整体之局部，即不变化之整体。欲求精品，永无精品。宁画死，不画俗；宁画坏，不坏赖。太在意，太着意，就做作。背水一战，死里求生，出奇险之势，打破平常关系，可期精品产生。有了丰富的经验积累，才可以在受到客观刺激的忽然瞬间，作为契机、机缘，得以顿悟、开悟、省悟。开悟由集善而得。

中国书画的收藏有两大危机因素：一，流通量大；二，赝品多，真假难辨。在潘家园，此两点体现无遗。拍卖市场固然有其毛病，但它毕竟是一个新经济增长点，刚有起色，就有人喝倒彩、搅摊、咬群，扰乱视听，打击投资者的积极性。什么东西没有阴暗面呢？任何事物都有两重性，矛盾是必然存在的。悟性而达生。不可图一时之快，因为真正洒脱的人毕竟是少数。一以贯之，从一而终，适合于事业。成于一而败于二三，因为多则惑，则迷失于前进之路。没有方向感而能到达目的地，寡矣。

21：30高中同学刘路军来，他仍藏着我在大学期间画的山水画，其时当受到韩老师山水的影响；又观路军近来篆刻，操刀快意而大有起色。22：10韩老师为我示范笔墨的基本因素，谈艺术辩证法。23：00CCTV-10《人物》有范曾先生专题，所摄照片上有我的影子。刘墨来电，说平日不看电视，今开电视正好看见。

理论总嫌其抽象，不如画面语言之直观。自然之理与画面之理，都要切合，才是好画。画要见真本性、真性情，其人无趣，其画安得？有表面与实际不相合者：看似大师，实则匠人；

看似高贵，实则保守；看似规矩，实则死板；看似潇洒，实则做作。道貌岸然与装腔作势，一墙之隔。让每个人都说好，不可能，也大可不必。让每一笔都精彩，不可能，也大可不必。相互比较，方圆、长短、高低、阴阳、曲直等等，矛盾中见戏剧性、艺术性。力度是感觉力。适度、到位、准确，就是力度。因势而引势，有呼应法。以形写神，是传统的正序的表达，是被动的创作；以神带形、以神造形，是主动的积极的创作。画面上欣赏时笔墨所表现出来的快慢，与实际的创作时的笔墨快慢，不是一回事。补笔，很重要。补偿、补充，以完善之。不要以为一挥而就，不要以为不可添补，亡羊尚可补牢。大师之作，精品多，垃圾也多。别人在夸赞你时，你在场，不必不自在，要设身处地，让心思转移到旁观者的位置，来反身以为是在说别人，来客观地审视大家所认为的"你"。"你"，不见得就是你自己。

11月27日　星期日　阴

真为最大之苦，因人生之真为苦也。善为最大之缘，因为人生之善为缘也。

15：30看CCTV-6有"相聚流金岁月"栏目谈书法与舞蹈艺术，通俗。16：00作达摩一纸，录《心经》一遍。20：10回黄寺。儿冰球联赛领银牌。画荷七纸。0：00休息。作画良方，虚实三七开，水墨对半开，殊不可墨与水斤两搀和而匀涂也。

通俗，有破害高雅之弊端，也有传播高雅之功用。虚实融合为一体，既知其难为，不妨分两笔而聚合之。规矩，为取巧之用。没有规律性，则无灵活性。规律性，为灵活性提供了工具。

11月28日　星期一　晴

宁可放弃真，也不放弃善；宁可放弃善，也不放弃美；宁可放弃美，也不放弃真。

11：30赵学勇到，带其主编第一期《世界人文画报》来。13：30为韩舒柳老师刻印，朱文《韩》，白文《舒柳之印》、《韩舒柳印》、《画语禅心》。并做自用白文印《信芳楼深泽崔子印》、《崔子悟言》、《深泽崔子》。14：00到喻静办公室。15：30白烨来办公室小坐，赠之《为道日损》及《从前》。17：40到武警招待所。19：00韩舒柳老师讲笔墨和山水"三段式"及"则"字等构图法。《芥子园画谱》不可小视，它为灵活运用提供了基础。22：00辞。23：00回黄寺。画荷花二纸。1：30休息。

事在人为，没有人缘，就没有大资本，大事也容易做小。没有烦恼，只有充实。胡来，也需要实力。人的势利眼，是置身于势利眼的环境中养成的。人的不敢真诚，是让不真诚的人给害的。君子之交，其淡如水，含雄奇于淡远，何其贵也。凡是比喻都是蹩脚的，但不比喻，怎么能接近本意呢？齐白石画山水，善作中景，近与远为次要处理，妙法。正因为没有可研究的，才要研究，都研究明白了，还研究什么？很多个人的所谓的"研究会"，就是这个道理。韩老师说可以成立一个"崔自默研究会"。

置于死地而后生，敢于下死棋，然后再救活。死去活来，是戏剧性、艺术性。四平八稳，即落俗套路，虽生犹死。作画作文章，要把方便留给自己，把困难留给读者，才余味无穷，否则是嚼厌了的馒头。要有笔墨意识，知而不能行，犹不知也，要有强烈的表现欲望，要有我，要善用笔墨如兵，得擒纵之法。无绝对的工笔，也无绝对的写意。摄影，也是写意，岂堪面面俱到？妻来信息，"曾国藩说文人的技艺佳境有二：曰雄奇，曰淡远。作文然，作诗然，作字亦然。若含雄奇于淡远之中，尤为可贵"，并以为"做人也是这个道理"，真妙悟也。乐此，才能不疲。坚持不好，就是能坚持好。持此方不好，即持彼方好也，正谓"失之桑榆，得之东隅"也。

11月29日　星期二　晴

9：40到新源里中国艺术研究院研究生院，到409给访问学者讲"艺术审美"。11：45到武警招待所，看韩舒柳老师画山水。13：15与韩舒柳老师到中国美术馆，有"大河上下——中国油画回顾展"，又看"馆藏品作品展"。这是我们曾经走过的路，虽然也许路不宽阔。人家卢浮宫都让照相，咱这两画还不让拍照，莫名其妙，照相能怎的，还不是帮着宣传么，本来人就少，把来人当贼看，岂不人更少。到一楼书店买朱良志著《石涛研究》一册。18：00到北四环倪氏海鲜。19：00金妹、冯欣、徐冬青等到。20：30散场。

主观意愿和客观科学，要区分对待。你想下楼，要乘电梯，你按向下键，它不动，因为它不知道你想去哪层，你的主观不起作用。按"1"，即便你不按向下键，它也知道客观地向下，这是科学思维。慈、俭、和、静，是修身的办法。"凡事省得一分，即受一分之益"，"大约天下事，万不得已者，不过十之一二，初见以为不可已，细算之，亦非万不可已。如此，逐渐省去，但日见事之少。"——张英（1637—1708）《聪训斋语》。小事做不了，大事也必做不成。虽无甚大事，但大事由小事而成。不主张看重事，是劝戒遇事心不急耳。省事，则省心；

放心，则自在。身心所栖泊者，书卷画卷耳。常人梦梦，每逢拂意之事，则以为自家独遭，终日戚戚，不知古来先贤命运之多舛者百倍于己，若得多读书，则焕然冰释。

临石涛画一纸。作达摩三纸。2：45休息。夜半或黎明十分，儿子会忽然醒来，问"爸呢"，可见我经常回家晚不见面之缘故。儿子不知哪天开始，叫"爸""妈"，而不是"爸爸""妈妈"，长大了。

11月30日　星期三　晴

11：15到晋阳饭庄参加中国京剧院三团团长、奚派传人张建国的收徒仪式，徒弟是天津的张凤玺等三人。欧阳中石、赵宝秀、王铁成、李嘉存、李金斗、谭晓令、程茂全、李素坤、杨晓光、张国钧等很多人在。14：00作家老村到办公室。带新著《阿盛正传》，插图为王艋作。让老村兄看我近作，曰有高贵气、笔墨是地道的文人气息，曰"太好，好极"。老村说我作画用笔墨有自节性、节俭，其实这是文人画惜墨如金的优秀传统和高级表现。18：40与黄学礼到动物园西侧大锅粥，粥里涮肉。沈庆利等在。20：30到张志欣宅，刘秀荣老师已休息，看画。21：30到武警招待所看韩舒柳老师，正画山水，马啸贺兰山，有苍茫之意。22：05辞。22：25回黄寺。妹自上海来电寄画有用。作《和风相随》两纸、《和而不同》一纸。1：20休息。

譬如行路，必须带干粮，虽然要负重，但能远行。画家的作品，反映的是其生命状态。改变状态，改变作风。道理亦如行路，至熟悉则极通达。你的成绩大，是因为你投资大，时间和精力、交游等等都是投资。风水谁也占不尽，谁都能娶上媳妇，天下的树都在长。

人家喜欢我的作品，不仅仅是崇尚我，而是崇尚中国文化、优秀的传统文人画，我崇敬这些热心人。不是我高，是山高。不是我厉害，是道理厉害、文化厉害。因势利导，追求爱好。

二〇〇五年十二月

12月2日 星期五 晴而不朗 晚来有小雪

"好心情是自己给的"，信然。余近来睡而不实，或为用心太过。《曾国藩日记》中可见曾氏日常之所感，其亦独不能自制而伏心。"安禅制毒龙"，自己之心性最难克服。独不能制一人，己身也，亦命所固然。兢兢业业于家国之大事，苟苟营营于男女之小情，均见心性，然确也有别。因为快乐之劳而疲惫，容易调养；因为欲望之苦而困顿，不能休息。庄子追求"坐忘"的境界，是因为自己不能达到。讲安心养神，是针对不能安心养神的毛病而设立的如此这般的应对方法。

11：30王樽来电，告之把《带电的肉体》一书简介发来。16：30到武警招待所见韩舒柳老师。17：10与韩老师到永安宾馆见文怀沙先生。文老有改写的胡耀邦同志的联语，句云："多得少得何必争，利归天下；大事小事原无论，心在人民。"让文老看我的画，他说我"基础好"，——人好就是基础好。文老说我的花鸟画比人物画好，并建议我学习八大山人。对于营养，要吸收有生命力的成分。19：00与韩舒柳老师到工体南门老陕面馆。面对"老陕"，目标顾客之省份区分明确，老陕甚多，朋友相告，顾客盈门。而如面对广大群众，则犹没有目标，人从门前走过亦无必进之可能也。"以少胜多，出奇制胜"，韩老师以此八字相赠勉，并劝我不要再贻误战机。有人一生没说过什么错话，但一生也没说过什么真话。或有来说是非者，可直告之曰：彼坦荡磊落之君子，为余所崇敬者，心胸必不至于狭隘如此。19：50回武警招待所。路口又遇老妪乞讨，予之零钱则鞠躬甚敬，心有不忍，欲再予之，红灯亮，以待来日吧。21：55到谭五昌处，看其"世界汉语诗歌协会"诸事宜。

　　雪下，为今冬第一场雪。0：45回黄寺。画画，画大石榴与一枝，构图奇特，题曰："石榴子中多妙趣，写意笔墨不须烦"。又写荷花，题曰："我钦极古又极新，既师造化更师心。"

12月3日　星期六　晴　风

　　12：40到倪氏海鲜。周韶华、吴军和、韩舒柳、王建川、刘维高、杨光明等在。16：50到永安宾馆见文怀沙先生，作家王宏甲、长沙刘汉辉等在，文老正在读为九华山写的《汤泉铭》，业主答应巨酬而失言。文老能与众者游，能实践老子"和其光，同其尘"只旨，其谁能堪？17：25辞。文怀沙翁既然称我为"三士"，以后不妨署名"三士"。

　　很多人对中国画根本就没理解。如果比学问，至少有两本书我比不上：《辞海》、《康熙字典》。"你说的对！够日的！"陕西话有如此者。请记住一句话——"都不容易"。

12月4日　星期日　晴　风

　　10：30王建川来电念给我写的《自默画荷》散文。17：30与石新华到政协礼堂华宝斋。是日京剧三团张建国有演出，带来三纸范画作鉴定。20：40回黄寺。作《般若无边》、《诸法空相》共四纸。1：30休息。

　　《论语》有曰"君子知命，不知命无以为君子"，朱熹考亭先生注解云"不知命则见利必趋，见害必避，而无以为君

子"。君子因知命而学则无惑、行则无畏，因自有定数焉。所谓
"知命"，必须是真知，而后可以修身以俟。"应该"？哪些是
你应该的？是日忽觉近来所画不可看，信为余之进步也。为欲而
作，不能佳妙。解决生活的困难，是人为的；把美事弄糟糕，也
是人为的。

12月5日　星期一　晴　风

昨夜有梦，意云"天津"二在出自"深泽"。又，梦老家
房屋加宽，父、母、叔、哥等在，地基之下有龙额巨碑，可惜未
及读得其上所刻文字，不然当有所获悟启发。

13：00读邮件，得王樽《带点的肉体》内容简介，那是从身
体的某些部位的寓意对电影的独特解读。《与电影一起私奔》、
《谁在黑暗中呻吟——王樽的电影茶道》、《色香味——影像中
的水果》、《厄夜之花——五十部不能看的电影》等好评如潮，
列入最畅销书榜。18：30到"去那儿"，陈丹、张九千、艾丹、
巨卓家具苗总等在。20：20结束，21：00大家到武警招待所看韩
舒柳先生。21：30大家到工体有景阁。张九千发一段"陕北新民
谣"看，"山丹丹花开就一个春，酸枣枣倒牙就一个硬，灰驴土
马就一个骗，哥哥是骡子你看着办"之句子，桑间濮上，乐而忘
淫。陈丹说自己叫"Logo丹"好听，他说我的画应该另立标准，
成为新品种，进入无竞争状态。陈丹还建议我用"读上"之号。

冬天冷了，春天来了。一江春水，更是一江顺水。艺术之
道，或露巧，或藏拙，当兼备之方可左右逢源。有快乐者，有研
究快乐者。毕加索当年说不敢来中国，因为中国有齐白石，他俩
是地域的区别而已；而我与齐白石，只是时间的差别。白纸一张
署曰"牛吃草"，就是混淆时间的典型。大声地说出别人想说而

说不出的话语，如何。陕西话的"宁欺老，不欺小"与河南的"宁得罪白头翁，不得罪鼻涕虫"是一个意思，是尊重年轻人、向未来学习的意思，当然老者更需要尊敬，是美德，也是"君子成人之美"的基本要求，何况应该为长者讳。

0：00回黄寺，画画三纸。2：30休息。暖气燥热，儿睡间易脱被，心忧。

12月7日　星期三　晴

每见世人处好境而郁郁寡欢，悔吝忧戚，是不明心当知足之理，其见偏识狭，未食其报而已受其苦，信为可怜。平日所谓无事生非、常戚戚然者，亦多由此。成事的人都不糊涂，即便显得糊涂也要具体看对什么事。"一手交钱，一手交货"，既然是交易的老规矩，自然大大的有道理。他欠你的，你得追着他，反之反之。智者是思想者。思想者的表现是时刻动脑筋。大师百无禁忌。不宽容者无以称大师。

很多热闹只是一个小圈子里的事情，你知道觉得热闹，你不知道也一点不碍事。我久不读报纸，也没事，一读，觉得热闹，读下去，反而耽误了大好光阴。我不怕别人抄袭我——因为我写的都是大道理，所谓"法尔如是"；而这些大道理，或许是别人一时想不到的，或许是虽想到但不用我这种独特的语言方式来表达出来的。我觉得写文章抄袭或说剽窃的作者，很不聪明。道理都是辩证无穷的，你要准备"抄袭剽窃"谁的，尽管举一反三，跟他唱出一二三等多种反调就是，也一定符合主观的或者客观的"道理"。招惹来不同的意见或商榷，总比被指摘抄袭或剽窃好得多。老子说"大道甚夷，而民好径"，真棒。高明的东西，一般人（包括有点学问的人）不能领会其大义。哪里热闹的很，就说明那里一定平庸的很；要不是很多庸俗的人扎堆在一起，怎么可能热闹的很呢？我的《为道日损》，一定热闹不起来，因为那本身就是在阐述一个令人安静踏实、省事省心的思想方法。为学术而嚼舌，就恰如两个孩子为争夺一个万花筒而打架。反复抓；抓"反复"。一言难尽者，人事之复杂也。无须言尽者，存在之事实也。个人的记忆，不能代表历史的真实。文风，不能代替人品。人格与国格，民族主义与世界和平。嘴上说有学问，但表现不出来，就是没学问。有钱不花，或者说花不到位，等于没钱。

17：10到华润大厦28层，军科黄宏、人民出版社黄书元、《人物》杂志陈有和、中信国安鄢钢等在，讨论《中华文明》图书事。18：00辞。23：40回黄寺。月明星稀。画画。1：40休息。暖气太热，拧紧又停，难道控制温度就那么难么？科学技术，应该考虑为人民服务，做到细节实处，而不是没有用处的假大空的东西，做学问亦如是。投资多大，时间多长，效益多大，有多大意义，有多大意思——这些事情，是考虑和讨论时的首要问题。"一个人喝酒才有意思，两个人就多"——这话听似奇怪，实际有境界。人生何如意，自在心中留。

12月8日　星期四　晴

9：10黄殿琴到现代文学馆开会，送《西城文苑》来，是鲁迅博物馆孙郁兄作主编。13：00曾来德来电说后天美术馆展览事。15：30到美编室看图库资料。16：15读邮件，妻传来《孤独的枣树》散文一篇，不知生长在附近的枣树也雌雄成对，荣率以俱；如此言，不必讨其原委，实可遵桓温"树犹如此，人何以堪"之叹。"桓公北征，经金城，见前为琅玡时所种之柳皆已十围，慨然曰：'木犹如此，人何以堪！'攀枝执条，泫然流泪。"（刘义庆《世说新语》）又"昔年移柳，依依汉南。今看摇落，凄怆江潭。树犹如此，人何以堪？"（庾信《枯树赋》）物命岂有偏袒，随之自然而已。17：40林南来取文怀沙先生为"北京市人与动物环保科普中心"的题字。21：55回黄寺，画画。1：30休息。近日服枣仁安神液，睡眠见佳。

"人生豪侠周密之名，至不易副。事事应之，一事不应，遂生嫌怨；人人周之，一人不周，便在形迹。若平素俭啬，见谅于人，省无穷物力，少无穷嫌怨，不亦至便乎？"（张英《聪训斋语》卷二）原来，俭省甚至落个"吝啬鬼"之名，也有免招麻烦的好处，一妙策也。最愚蠢者是故作大方之态度，人家若真都求，如何能一一摆平？难免尴尬受苦。"死要面子活受罪"之体会，当悟不如扮猪而吃虎者之高明。逞一时口舌之能，快一时心气之动，然后受苦一生，而又强言不悔者，愚之甚者也。

珠非珠，玉非玉。事大小，因人觑。可忽离，亦可聚。一纸何，如戏剧。

12月9日　星期五　晴而不朗

14：30何长江来电谈国管局宾馆收藏画册事。15：00到美编室转换照片。隔窗扔瓜子给麻雀。15：10左晋来，谈神笔动画发展事。19：30到秦老胡同杨安宅，演员马仑在。四合院冬天有些冷。21：50政协报刘仰东来。谈衡阳保卫战。杨安父杨晓麓为当年衡阳市长，看到蒋介石写给他的信函。读安徽教育出版社出版的钱念孙著《无法尘封的历史：抗战旧书收藏笔记》，是从旧书中发现关于抗战发生的背景、序幕、历程以及战时的政治、军事、外交、经济、文化等环节资料。

　　眼界要大，胸襟要豁，心态要平，言语要和。事无大小，全在相对，无大事者，以小为大。佛学在复杂中有简单性，为善而已。道学在简单中有复杂性，难言而已。只有想不到的，没有做不到的；也有想不到的，也有做不到的。没有做到，是因为没有想到如何做到它的好办法。"没了没了，没了自忘。忘了忘了，忘了莫想。想了想了，想了莫忘。没忘没想，自莫没忘。莫了莫了，莫自想忘。自了自了，没忘莫忘。"事有难了，不了了之，不了为法，不法常可。有人来挑拨，可语之："他怎么可能骂我呢？不可能。我俩什么关系啊。他对我好的很呢。"历史资料天天产生，又很快被新发生的事件遮蔽，所以被尘封的历史故事不知有多少，即便很重要。历史不知淹没了多少故事情节，资料虽然存在着，但也需要后人来挖掘、发现并重新认识。

　　能写的人没有精力来写，有时间写的人却没有能力来写。

12月10日　星期六　云　风

　　9:30到中国美术馆。是日有程大利山水画展、曾来德的"众妙之门——曾来德书画展"。遇王家新、雒三桂、刘墨等。程大利展不设开幕式，很智慧。程先生的展览自叙很短，引用《诗经》中句"渐渐之石，维其高矣；山川悠远，维其劳矣"，并说自己"资质平平，惟劳而已"，读之令人心动。

　　局部有黑白灰的结构与对比，整体也应该有一个大的黑白灰的结构与对比。字、行、篇，都应该有章法。正规军应该用游击队的战术，游击队应该有正规军的纪律。即便少喝水，就能冲淡思想浓度很低的大脑么？

　　18:20黄学礼送三彩翡翠寿星来，无愧谈价高手。19:40与韩、黄、张等到永安宾馆文化沙龙，喝咖啡等文老。20:00文老来，遇罗扬等。文老读王厚宏《人生从容》书中一文。文老今又送我螃蟹。前日来文老把很重的水果篮转送我，一手便提了起来，可见其力气之大。22：10辞。

"不至于吧"——说这话的人，遇到事他就针对"至于"；这么说似乎厚道，实际上往往很不厚道。不要看人如何对待你，只要看他如何对待别人，就能知道其人的本性。用两篇文章描写两棵梧桐树，同样的对象而不同的视角、手法，才见高明。字写在石头上，你走路到眼前，就得绕着走，不能撞上去，由此可悟"实事求是"的辩证性与科学性。帮助了人不能说，得到人帮助不能忘。只记恩不记仇，此长生久视之道。由内转外，再由外转内，手续正规之，利可用矣。东西值钱与否，价值大小，实现于交易过程中。赢利所在，在于交易，交易关键，在于有买主。有佳善之地，还得善用之，否则为无用。

有贱买的，没贱卖的。"捡来的黄金也值钱。"无此机缘，无此观念，无此格局，无此事业。

12月12日　星期一　晴　风

饭不嚼便咽，路不看便走，话不想便说，事不思便做，友不择便交，气不忍便动，财不审便取，衣不慎便脱——《聪训斋语》卷二提及此类事故最宜戒备。

11：00黄学礼来取画四纸去布置画廊，11：25去东院取范曾先生为我题写过的"信芳楼"和文怀沙翁赠我的对联。21：00到西院放映厅，21：30看《哈里波特与火焰杯》。23：50结束。0：00回黄寺。画横幅荷花，容易构图。1：20休息。

"大智若愚"，是云大智者往往表现若愚，而其又每每为真愚者所骗，则不为常人知其底细，至于若愚而实奸诈者，径直无敌于天下，可叹。好箭，要射好靶子。学写文章的，入手最好先从散文起，无多关涉于人际关系。至于写评人论艺的文章，应该力求戒除浮华不实之词；因为只是着眼于把文章写漂亮，就会夸张虚誉有过，词不达意，掩盖了要评论对象的真实水准，偏离了文章的初衷，以至误导读者。擒贼擒王，一起来侵则取其一者而回击可也，此法常用于经纪人之应付拍卖市场。天下人很多，很多人跟你没有任何关系，也不需要你去战胜。天下只有一个人总是你战胜不了的，那就是你自己。不必战胜别人，只要战胜自己，保证天天进步，你就成功。"日新"的道理，也就是这样。悠闲是奢侈的，因为那是奋斗者有钱之后要享受的东西。

成人科幻电影作品虽然没有什么意义，但意思还是有一点，它为我们开启了一个新的世域，经历一个陌生的心旅。此类作品，偶尔看看也可，但多看无益。美国大片的艺术性与技术性，确实与众不同，那是敬业精神与经济实力的表现，但总是觉得没有思想性，或者是虽然也有，总是肤浅一些。

12月13日　星期二　晴　风

10：00到办公室，与章慎生、喻静去通州冯其庸宅。喻静谈《传记文学》写的关于冯先生的稿子。冯先生讲到人民大学的国学院，明天下午有庞朴先生在人大的国学演讲。18：30中国画研究院画家刘牧来，得其书《一地棒子》，聊出画集写序事。19：20到坦博艺苑。21：10到武警招待所见韩舒柳老师，正画荷花，并讲竹、兰的画法。

国学研究要善于使用新出土的地下材料做参证，敦煌、楼兰等西北地区很丰富。

教育问题，不能浪费人力物力，有能力的人60岁退休是一个浪费。学术量化的方法，虽然不得已但很愚蠢，是鼓励制造垃圾文化。学术专著、论文，不注重质量，只以数量考核，一定粗制滥造。国学研究的目的是什么？要研究什么？要怎么研究？目的能不能实现？国学的内容，应该不应该变、怎么变，都要慎重考虑。推陈出新，不是轻易的事情。

矫枉过正、过犹不及，对于国学的研究，应该防止这两种倾向。有意义，还要有意思，喜闻乐见、通俗移动的教育方法，值得使用。点、线、面的策略，值得思考。值不值得做，需要多少时间、精力、费用，效果有多大，都要考虑进去。很多研究浮在表面，但炒得很厉害，而真正有意义的东西，却未必受到重视。人才是关键，要有才干，学风要正，有实干精神。

发现人才，改变风气，是国学研究中一个重要的问题。但开风气不为师。要推举有成就的人，让青年人知道他们的经历，鼓舞奋斗精神，也为学术研究提供有利的线索，知道学术成果所以然。"薄酒可以忘忧，丑妻可以白头，徐行不必驷马，称心不必狐裘"，说这话的先贤，也有些阿Q的精神胜利法。画意颇不顺畅，心顿生烦恼，大启窗，凉风扑面，忽忽睡去。

12月14日　星期三　晴

10：00办公室来办灾区捐款捐物，将讲课费悉数掏出。12：10到食堂。12：50妻来电说儿子下午又有家长会，我不曾有时间去开过一次。难道家长会不重要么？13：50离办公室。中关村堵车。会开车，会修车，更会修理心情。14：30到人民大学逸夫楼。喻静已到。尹小林、黄学礼、张蒙在。冯其庸、庞朴在讲台。是日有庞朴《说"无"谈"玄"》讲座。基本以讲解文字学为切入。15：00开讲，15：30离去。15：50到政协礼堂华宝斋。

19：00尹小林到，谈其"国学网"的发展战略。20：50过地质礼堂，正上演陈凯歌导演的《无极》，一观。

　　人只知道站在自己的角度看问题时，就总觉得自己受委屈、别人对不起自己，就会失去很多本来拥有的幸福。不能设身处地为别人着想，自己思想上一定会蒙蔽一层不愉快的灰尘。譬如别人失约，你只知道自私地在暗地里生气、抱怨，却不想弄清楚别人之所以失约的原故和理由，也许，别人正在承受很大的伤痛；即便别人不失约，你知道他将继续承受更大的委屈与痛苦么？我不喜欢思想家。一般人思想复杂伴随行为复杂，而我只愿意行为简单化。人总忘记欣赏和正确处理眼前存在的事物，而向着更远处张望。忽略，是对珍贵时间的赎渎。古文字学有什么实际意义？古文字学没有绝对意义的正确与错误，都是猜测。当我们盯住一个字看时，会发现不认识它了。国学研究和讲座要吸引人，否则容易打消年轻学者的积极性。国学对于今天而言，的确属于旧学，已经没有它的生存的绝对合适的水土，于是转换观念势在必行。没有大的水土环境，长出来的东西一定变味，比如冬天的西红柿一定不如夏天。得什么，失什么，应该核算。有些资源，只能浪费；因为要想利用它，会牵扯到方方面面，也许浪费会更多。搜集和处理垃圾，又再制造新垃圾。要终结垃圾，是不可能的。今人多不懂风水，而食客更不懂风水，于是协调矣，是亦不变之变也。"天下的东西要拿都拿得到，只要你够坏。""你毁了我一个当好人的机会。"——生活中到处是正在播放的电影，都有这样精彩的台词。

　　23：50回黄寺。了无画意。"知我者谓我心忧，不知我者谓我何求"，《诗经》中语，皆言志也，"志"者为现实存在之物。疑神则神，疑鬼则鬼。势欲作强者，是要付出代价的。

12月15日　星期四　晴

夜间又梦考试，心急疾也。梦间有物，是"柳"字与"喜"字叠加而成之象。凡人物之内质殊异者，必有光华发越于外。大师偶尔胡来，流氓经常胡来。吃小亏，沾大便宜，是"让"一字之学问也。"若谓儒者自有切身之学，而经济非所务，彼将以治国平天下之业，非圣贤学问中事哉"；"于是学术与经济，遂判然分为两途，而天下始无真儒矣，而天下始无善治矣。""毋溺于旧学，幸甚。"（《石园文集》）万斯同（1643—1730）是语，为真知大儒者之言论也。

于国学之讲究"毋溺"，诚实忤逆，是为实事求是也。

11：35邵盈午来，兄弟久不谋面矣。邵兄讲述前些日子他制造的一个笑话。他拿出两页诗稿，说前一页是钱锺书作的，后一页是自己作的，结果前一页大受褒扬，而后一页遭批评。等邵兄改口说自己弄混了，前一页自己作的，后一页才是钱锺书作的，众人尴尬不堪。其实，这两页诗都是邵盈午自己做的，只不过是有意戏弄一下这些无知而势利眼的所谓诗学专家。16：15与邵盈午到永安宾馆见文怀沙翁。

够格不够格，标准是什么？长短度量，需要尺子，但尺子又由谁来规定？有了标准，就有了区别，就不能圆通、不能齐一，故知标准云云亦是主观之评论。长得好看，是命好；照片也好看，是运好。总能踩对点，找对空挡，如行路之不堵车而随处通畅，是为运气。俗常之人不需要谦虚进步，亦自然而合高处不胜寒之理。读不懂钱锺书，至少有两种可能性：一，读者的修养水平实在不高；二，钱氏的表达能力实在不高。大师要能引导人、启发人，使人开悟，化解矛盾，思想通透，生发自信力，而不能使人心理更加压抑，给它打个死结，然后再勒紧。有心性根本，然后才有学术主见，不然只能随人俯仰尚不自知。愚者千虑，亦必有一得，倘若道听途说，更加糊涂，反不如抱残守缺，一以贯之。凡人，常有烦人之行为，因其不能思出人表。吾思想方法之长，除却逻辑演绎之法，就在于勤"捡"：每遇脑际灵光闪现，恐其失落而不复得，即刻记录留存。

18：45到语言大学。付秀莹来接。梁晓声先生到。是日与梁晓声、胡平、安文军等作首都大学生演讲比赛评委。20：40结束。22：00到坦博艺苑。22：20李素华来，讨论智珠寺事。0：40回黄寺。

"当生活把一个人推向成熟的门槛时，他会产生柔弱的感觉"，米兰·昆德拉此语，也正是说出世人存在的知雄守雌和复归婴儿的感受与追求。演讲不仅对眼前的锻炼勇气和培养能力有作用，更对将来走向社会有暗含的巨大作用。学生都读到博士而没有就业的机会，是社会资源的巨大浪费。"草莓族"，现代条件优越的大学生，往往福祸在眼前而不自知，那不是他们本身的错误，那是个人与社会融合的主观与客观的双重作用下的复杂现象。以奔走为锻炼，以案牍为旅行，以烦恼为游戏。钱多少是相对的，是针对事之大小而言，可干与否，可由之而判断。

谷静松风远，楼高月色浓。

12月16日　星期五　晴

14：10到武警招待所接韩舒柳老师。14：30到美术馆，参加"汉唐雄风——周韶华画展"。15：00在七楼参加周韶华作品研讨会，范迪安、邵大箴、陈履生、刘大为、刘骁纯、刘龙庭、刘正成、张晓凌、姜宝林、雪梅、曹凡等参加。

　　学当经世致用，无论穷达，与时俱进，有预测眼光，可持续发展。至于有用与无用，可以辩论，总是站在不同的角度、对一时一事的判断而已。要实事求是，所谓讲究实效，又不是轻易唐突之事。我的脑是镂空的，我看见风儿穿过。捷径，不是所有人都能看见的，所以才有差别。要了解一个艺术家的作品，最直接最有效的办法是了解其人。传统更多意义上告诉我们应该怎么做，但没有告诉我们不应该怎么做。周韶华的意义在于站在传统的基础上向前迈进一大步，开始使用符号化的语言，使得当代出现世界级的大师成为可能。衡量艺术大师最起码有五个标准：一，需要有鲜明的个性风格；二，其作品有艺术的高度和难度；三，具有艺术高度和难度的作品的数量；四，对当时社会的影响力；五，对后世社会的影响力。第一条讲的是艺术的根本；第二三条讲的是艺术的质和量；第四五条讲的是时间性的临时偶然性和永恒必然性因素。穷人好利，富人好名，亦各取所需而已。

　　17：15回武警招待所，给韩老师回咸阳机票。21：00到工体有景阁。21：20张立宪到，欣赏其出版《读库》之0600。21：30陈丹、张九千等到。

　　自己不满意，别人也不满意，就是失败的艺术。愉人悦己，才是成功的艺术。对内行不需要细说就明白，对外行即便细说也不明白。完全另类是不可行的。冬天即便你不觉得冷，也不能穿短裤上街，别人会觉得你有病。鹤立鸡群，鸡立鹤群，有同等的对比效果。既有益也有趣的朋友，非常难得。

　　比谦虚，他不及我；比狂妄，他也不及我。

　　23：20回黄寺。妻儿买来圣诞树，灯光闪烁。妻说儿子今天特高兴，得了"进步奖"第一名，原来是针对调皮学生而特设的。

　　有风扶月；无意作诗。

12月18日 星期日 晴

众皆咒骂者，其必有由，不可一时意气用事而勉为掩护开脱，否则他日反省，或许所做与众人同，将遭耻笑耳。天下惟道理最大，它管束着一切。小孩子的拨浪鼓烦恼了你，你绝对不可动手，你可以问他为什么拨浪鼓里面会发出声音，然后诱导他自己用刀子割开看看。

你的耳朵不可太理智，否则听到的是机械的音符，而不是悦耳的音乐。不要总是想着"拯救"，有生命力的东西不需要刻意的拯救。国学研究要放在世界发展的大背景下来进行，是正确的。新国学的诞生，要服务于民族振兴。艺术的重复，是必然的，不管是对别人的还是自己的。风格的产生、定型、完善，都在重复中完成。说"空前绝后"者，一定无知。

20：15到外馆斜街宫侨健身足疗。浑身轻松，应该抽出一点时间健身。21：30韩舒柳老师来电，已回咸阳。23：00回黄寺。0：30休息。

12月19日 星期一 晴

昨夜梦自学校毕业，收拾旧书及行李。

11：00汪季贤来电聊。13：30到张庆善办公室开社委会。读《粤海风》第6期，有赵士林《"祭孔"的忧思》一文，担心"祭孔"会重新成为新愚民的东西。16：30动笔写《毋溺于旧学》，发现写文章必须就事论事，因事而立论，甚至必须带有一点偏激的意思，否则开始一旦辩证以观，就没有了明确的观点，而实际上，"存在的就是合理的"，品头论足了半天，究竟没有多少道理可讲。17：30到西院。18：00看电视儿童动画片讲汉字"进"的写法和用法。18：20看CCTV6《中国电影百年》介绍吴天明、张艺谋、陈凯歌等导演以及《老井》、《红高粱》等电影。0：30回黄寺。继续合计幼儿园事。

走出来的人一定是幸运的，他一定不是最差的，但也不一定是最好的。"就业"的意义是什么？五成五的就业人才在遭受"陷阱"，就意味着五成五的公司在因为找不到合适的人才而不断换人。用人单位需要的人才，总而言之，是需要关系广、有实际工作能力、能挣钱的人。现在的人才何其少！总觉得自己是人才，怀才不遇，总想着多挣钱、少干活，天上掉馅饼的事有么？我对人才有个简单的判断法：能正确录入七个名片。——此听来滑稽，何其简单，其实不然，一试便知我言不虚，其间涉及很多细节，而细节决定成败。需要人的单位找不到合适的人，需要工作的人找不到合适的工作，奈何奈何。没有一个大家公认的大师，是因为大家没有共同推举同一个大师。我们遗憾这个时代没有大师，是因为遭遇了这个前所未有的所谓信息爆炸的时代，大家都在呼喊，但任何声音都被淹没在集体的声音里。集体的无序，力量的分散，其结果之一是社会资源的极大浪费。人越成功，就越有个性，再继续在集体力量的簇拥下，成为大师。你认为别人是傻子，你自己就是傻子。现在还有傻子么？

生人蒙不了你，蒙你的都是熟人。你翻前人的案，后人就翻你的案。前有车，后有辙。一亩地能干什么？能盖摩天大楼！人际关系是第一生产力。能为朋友做些事，也许是最直接的选择理由。但为哪些朋友做事呢？做什么事呢？事在人为，会用人，还总得需要自己付出劳动。能干的人因为各种因素存在于是没有机会干，不能干的人也因为各种因素存在而莫名其妙地干着，所以说能干不能干是相对的，怎么证明它呢？路口的选择，必须慎重。合计得失，以最后的结果而论。人生如戏，故事编造的好，就是情节好，是演技发挥的基础。

12月20日 星期二 晴 风

人算不如天算。天道如此，人事几何。

我盖的是大厦、社区，而不是一间房子，所以一定慢、累。

只有看着长远的目标，才能意识到周边的棋子下的是正确还是错误，反之目光短浅，虽然目前方向正确，但长远来看，是在走弯路、浪费时机。

"汝辈书生，总是会说，他日居官，便不如此说了"（《郑板桥集》），郑板桥看到了士与工农商的具体差距，惟独能便民利生者为上。行在路上，天上有冬云，舒卷其态。清亮的空气，不惟使人心情舒畅，心态和缓，更在于使人意识到自己生存的空间的真实，意识到个人的渺小，思考人生在自然世界中的短暂存在，于是促发人与自然进而人与人之间相处的和谐。

11：30喻静来聊电影《无极》。11：00到美编室谈展台喷绘事。11：30与路红联系下午到北四环清华工美项目地一见。17：00写《毋溺于旧学——有感于眼前的"国学热"》3000字，给《艺术评论》。22：00看电视剧《大宋提刑官》，有演员高飞的镜头，正想着，他就来了信息祝贺圣诞快乐，真灵。23：30休息。好几天不动笔了，了无画意。

做圣贤与做凡人，孰乐？多吃与少吃，贡献孰大？大师不是认识不到自己的毛病与缺陷，只是没有时间来注意解决而已，可见反省很重要。反省，就是回顾。如意，其形为回头之状，不知回头，安能如意？现在每天我耗费在电脑及网络上的时间在一半以上，机器转换速度不及我脑子的安排，奈何。闲人因何闲？忙人为谁忙。看似高贵处，原来亦平常。既然承诺，就要履行责任，付出代价。其实，人在一生中没有必要发誓，给自己被动化，背上沉重的包袱。

12月21日　星期三　晴　风

昨夜又梦毕业场景，人物及时间错综杂乱，有欲痛苦之感。又梦见李学勤先生看青铜器。

10：10黄学礼来取翁同龢对联和我的两幅对联、一纸老虎。11：00王万慧来送《中国书法》杂志12期。12：00许晨到，到蜀南人家吃饭。14：55付秀莹到，谈其小说《小五姨》出书事。15：30宗少山、庄默石来送《目标杂志》。16：25施红来，年余不见，聊范曾先生画作的收藏和鉴定问题。17：20与刘墨通话，他问昨天晚上打完电话怎么没过来，我才明白。昨晚19：10过万泉河，距离来德艺术中心很近了，我给刘墨打电话，本意是想一见。电话通了，他正在与大家伙吃饭，我问他"有事么"，他回答"没事"，我犹豫一下说"那我就过去了"，他说"那好吧"，于是，我就开车走了。我说的"过去了"是指从他门前通过，而他理解的"过去了"是我去他那儿一坐。结果，他说一直等我到11点，还奇怪怎么说来没来。

"我思故我在。"我之长在于能感性与理性结合在一起思想，很多东西我想想清楚，并期望尽快能写出来，只是时间很紧，事情杂乱繁多。但我不怕累，只怕心烦。语句产生误解，是因为语句有两种以上解释的可能。一方面"知足常乐"，是说不能太贪婪，欲望不能太多，知道知足是吉祥之事；另一方面要"学然后知不足"，此不足是思想精神的需求，而不是物质的需求。画家自己行走张罗，画也画不好，也卖不好，要有经济人制，相得益彰。

18：00到西院。18：55看东方时空"当应聘遭遇歧视"话题，遭遇歧视，其实很难确认。0：00休息。我的习惯是惯性太大，懒得动手，但一旦动手，就不会轻易住手。不愿意上床睡觉，但一躺下，就不愿意起来。

"童年的信仰"，是纯洁的、天真的，但世故的、实际的信仰是什么呢？畏惧麻烦，是最令人容易退却和失约的理由。

12月22日　星期四　晴

我本事不大，却贪心不小，所涉领域又多，属于自己的不少东西无暇细致考虑，又无德无能，没有得到有能力的人来专为我的发展考虑，来的大多是求我帮忙或闲聊，于是因为贪玩而浪费了很多时间。

9：10鲁迅博物馆孙郁先生来电，谈读《为道日损》的感受。10：00到办公室。整理旧作照片，疏于回顾，很多东西本来可以很好地编辑出版出来，可惜没有用心。11：30胡俊杰带花来。14：50到高原街接石谷。走北六环，15：50到怀柔宽沟，宿5259房。落日满西山。16：50看CCTV10电视书法大赛现场，高雅的书斋活动一旦现场化，当然可以与时俱进，但总觉得有庸俗化不伦不类之感。评委的点评有的不具体，太空洞，观众更是外行看热闹。18：10吃饭。"快乐每从辛苦得，便宜多自吃亏来"，餐厅有此对联。19：40看《焦点访谈》，医院抽血输血感染25个爱滋病，可怕，主管人玩忽职守，是我们道德的沦丧，更是管理制度的匮乏，当官的整天想的不是下面老百姓的事情，那是什么呢？

很多人有知识不可怕，可怕是很多有知识的人聚集在一起。游戏就是游戏，玩游戏生气动火，就是不会玩。谁堪称"国学大师"？《康熙字典》里随便捡几个生字，就未必认识；连字都不认识还敢称国学大师？文、史、哲与儒、释、道不必说，至于其他中医、书画、武术、京剧等等，都应该懂吧？"概念"是基本颜色碎片，是零碎的砖头、积木块，有了足够充足的"概念"，才能进行复杂的层出不穷的思维活动。生活经验是幸福的基础。急不得，要水到渠成。极精微、致广大，能小能大，才是道理的妙处。

密云顺义，平谷怀柔。北京的郊区县名，很有意味，做对联甚妙。

假如你认识n个人，你一想到谁谁就来电话的几率等于1／n。

20：00到楼下捏脚，看赵文瑄演的《随风而去》，《魂断蓝桥》，一部片名得之不易，人经过辉煌至局限于此则无可奈何。21：00与石谷画画。23：00休息。

冬风蓄暖，睡地无声。

12月23日　星期五　晴

12：10到食堂，与孟祥顺、喻静、杨涛聊。12：40到画报社坐，《中华文化画报》第12期有范曾先生的艺术专题，郭长虹文章。14：15到国家画院。15：00骆芃芃来电约晚上在世纪剧院看芭蕾舞。15：00"黄宾虹齐白石小品展"开幕。是日在老舍茶馆举办国家画院和河南郸县举办书画家京剧联谊会。21：30看CCTV3"艺术人生"刘文西专题。刘氏酷爱绘画，下过工夫，陕北民歌很有味道。22：00看CCTV4《中国文艺》播赵本山专题，他说"当我云山雾罩的时候，我回老家一趟，就全明白了"，黑土地是他的根，他多才多艺；乡土情结成就了赵本山，也成就了"二人转"这样的地方文艺。张艺谋评价赵本山时强调他"贴近生活"。

齐白石、黄宾虹的画真好，不是靠大师的光环来吓唬人的。他们已不是在画技，而是画心、画道，所以才能说服人；而他们的语言技巧，又实在是精熟的。大师的画量很大，勤奋来自兴趣，也在自娱中技艺提高，收放自如，繁简由之。黄宾虹能在咫尺推出很远，千里在掌，因为能落墨如排兵布阵，能得势。简笔小品，就似经验丰富的老者的一句感悟，语句扼要而意思蕴藉。齐白石的小品尺寸随意，构图满当，似偶然剪裁而得。命好，就是走到哪里都不堵车。命好，就是在他前面没有更高的山。同时代高手如林，是一种幸运，也是一种不幸。

净域同履；心香共然。山到成名毕竟高。成如容易却艰辛。天下名利，公器耳，能者多取。当一个人积累到一定程度的时候，随便一伸手，就是高超的艺术。

12月24日　星期六　晴

出类拔萃者，一定有姿态。

11：50作家老村来信息，说给我写好了评论文章，说"文章写好后，要搁一星期后，放一放，看还有什么更好的添进去，再修改一遍就可以了"。18：00到燕莎桥东湘临天下。20：15大家到钱柜，值圣诞平安夜，门口增加安检措施。22：30回黄寺。圣诞树亮着，儿子等着给我礼物和一封信，信说："爸爸我爱你，我每天都在想着你，我会好好学习的。" 23：00与哥哥嫂子越洋通话。乐趣和乐观，可以战胜病邪。近日口腔上火，脑袋后面左侧似乎不通畅，入睡后梦而复梦，脑子休息不好。

齐白石、黄宾虹都画不好人物，可见大师也有弱项，谁也做不到全能。我发言主旨是：想不清楚一定说不清楚，大脑神经细胞的运动是思维，思维的基础元件是概念，概念的不同理解与解释造成对同一个问题的分歧与论争。传统是一个变易的概念，不创新就没有历史的发展和今天的现状。齐白石、黄宾虹如果再继续活下去，风格还会改变，他们还没有实现自己理想的境界，那么我们来崇拜的现存面貌的他们，也许有点荒唐。个人风格应该是建立在普遍性的基础之上，否则就如冬天里穿着短裤在大街上行走，你可以不觉得冷，别人肯定要把你当病人。传统的"玩意"，如京戏，玩的就是地道、正宗。是戏三分生，虽然你熟，也要认真，表现得像（而不是装得像）第一次登台演唱的样子，有点"生"趣才好。

12月25日　星期日　晴

10：55到东三环顺峰饭店参加周逢俊拜文怀沙先生为师仪式。欧阳中石先生在。王成纲司仪。文怀沙先生引当年金岳霖出的上联，曰"一切切切不可一刀切"索对，云得对可赏重金300万。我对曰"众生生生常因众土生"，文老以为不行，中石先生不语，成纲先生以为难能可贵，我说你可以不给钱，但应该承认我对的不错。13：20散场，我赠欧阳中石和王成纲《为道日损》各一册。13：50与刘墨到河北饭店，李凌、董云鹏在，聊。忽然想到如果到河北某县当个县长，搞文化运动，是个什么样子和什么结局。房间甚热，在冬天饭店和商店是浪费能源的大户。15：25到坦博艺苑。看民间瓷器，有罗汉坐车，拉车的是两只老虎，形象很稚拙。喝普洱茶，偶翻读2006年第1期《读者》第59页有《完美的男人》一短文，说符合各位女性要求的完美男人的概率为1／25920000000，整个世界都找不到一个合乎标准的。赏石涛竹石图，八大荷花小鸟图，董其昌《澄怀游古》临王羲之诸体书长卷，三人在册页上各书"澄怀游古"四字。

顺便赞扬别人，别人感激你一生；顺便贬低别人，别人记恨你一生。在饭桌上给年轻人夹菜，举手之劳，年轻人感恩戴德；反之故作高深，则令人生厌。很多问题没有那么复杂，生活中的几率要比理论上的低很多，比如一个女人，他在全世界数十亿男人中找到合适男人的几率是1／n，（n是她所认识的所有男人数），其实有时最多不过才几百分之一而已。

画面用笔的变化、内容的组合方式变化，都使得风格随之改变。很多人都是外人、路人、陌生人，与你没有关系，你大可不必为了让他们佩服你，去做一些实际上没有价值和意思的事情。比如作学问，为了让那么几个人佩服你，有可能耗费掉你珍贵而幸福的一生。真正的财富，在人的心里。心田，是最珍贵的土地。"上善若水"，"言善信，政善治，事善能，动善时"，《老子》所谓的"善"，其标准应该是苛刻的，否则何以称善？

鉴定一事，把真说成假不容易，把假说成真更不容易。"我认为"，此词很重要。我不贬低自己的鉴定水平，我有自己的标准，画的好的，我认为是真的，画的不好的即便其真我也认定是假的。

12月26日　星期一　晴

同感但不憾；有情能长青。

13：20老家亲戚说换美金骗子要押金的骗钱新招数。13：40刘墨来电说编印"文怀沙、刘墨、崔自默书画选"台历事。13：50为杨超书"秦艺坊"匾额。16：00韩健来取画资料。17：00

到西院。再吃两丸小活络丹。17：45到幸福村张宅聊收藏与拍卖，谈到罗工柳的油画。22：50回黄寺。赏佛像，作画。0：00休息。吃思诺思半片，睡眠效果可以。

12月27日　星期二　晴

11：40刘梦溪先生来电问及近况，月余未见。12：00高敬池来电约到大宅门吃饭。13：50到美编室看书展布置图。14：00整理资料。15：00终审完《作品与争鸣》2006年第1期稿件，内有徐非光批评《花城》2005年第1期发表的中篇小说《为人民服务》一文。16：00到坦博艺苑。19：00到蓟门桥杨红宅，李黎在。吃面，想到开个私家面馆就叫"面面俱到"。21：45回黄寺。对门住进老外，电梯遇上，是搞餐饮业的。22：00翻读雒三桂赠商务印书馆出版《文津阁四库全书提要汇编》。22：30为坦博艺苑画八尺纸画达摩并录《心经》一过。0：30休。吃半片安眠药。

俗，是真实生活的正常态，有意脱俗，需要力气，难免疲累，支撑不住时终会返回于俗。人情世故，教会人说"不"。说"不"，不是一味地拒绝，而是一种适度的恰当的判断，是一种明智的选择。"当断则断，免留后患"，此"断"，不仅仅是舍弃之意，还有判断之意。很多事情本来很简单，可以平缓地处理，只因为各自内心有情绪，话赶话地冲突起来，于是交流不下去而决裂。一个使用的很好的茶杯，瞬息之间可以破碎。自生自灭，就是自然而然。比如松茸，它在成熟之后，没有任何适宜它的保鲜条件，于是，如果不能很快食用，就只有浪费掉。人之存在的条件，不能要求太苛刻，否则总是左右为难。人都喜欢跟风，趋炎附势，都喜欢抬轿子，追捧名利，于是受到伤害，于是埋怨别人势利眼、惟利是图，却没想到自己也是其中的一员。

奇怪而可气的事情天天发生，你大可不必太认真，自有道理存在，自有规矩去管束它。当然，有特别胡来而安全的，也有不胡来而出事的，那也不是你能理解和管理的现象。有时看似捡到便宜，但是转身会认识到那是个累赘。很好的路之所以会堵车，是因为很多司机根本不知道为什么会堵车。撞车的人，是因为不知道为什么会撞车。我们周围很多人不懂得什么是幽默，自己苦累，还在埋怨别人，于是不聪明的"别人"也跟着受累。伟大的人物也头痛，这时便证明了他也是一个平凡人。每一个善良的人都有宗教情节。行为不道德的人，未必不知道什么是道德。当很多人聚集在一起的时候，也许虚荣等因素作怪，人会变得不理性。

见自本性，便是顺其自然而产生教育之效果。水有多形，因时而化，此由之，彼亦由之，下由之，上亦由之。出尔反尔，"成也萧何，败也萧何"，亦是此理。你觉得你在帮助别人，别人未必感激你，因为人与人的感受不同。混沌开窍而混沌死的故事，便是如此道理。是金子就得了，何必要求一定要发光呢。"天命之谓性，率性之谓道，修道之谓教。"性之有，虽教不能去之；性本无，虽教不能益之。袁简斋在《小仓山房集》中亦有此说，信然。

12月28日　星期三　阴

9：30到办公室。天有雪意。10：30张宜莉带人来。16：10到美编室《周扬传》封面。16：20石家庄周英自清华来，赠乃父周金冠著华宝斋线装书《任熊评传（四种）》及《张守中书法集》、周明道编《萧山乡贤零拾》、张守中编著《守素集》书四种。18：40看儿做算术题，告诉他"一慢、二看、三计算"的道理，不要上来就开始计算，要先观察，也许会省走弯路。儿子又做语文题，问我怎样以"有……有……有……有"造句，我说有两个办法：一个是正规的，比如你说"我家东边有超市，西边有超市，南边有马路，北边有花园"；还有另一种简单办法，比如说"有一个结巴，他说我有……有……有……有一本书"，儿子听完大乐，没记住正规的，却记住了后一种投机取巧的方法。18：00看CCTV6《解放石家庄》，儿问戴钢盔的是否日本人，我说是中国人，他问为什么中国人打中国人，我说那叫内战，因为政治原因；他问什么是政治，我说那是复杂的人类社会的问题。

人的工作虽然是因为社会分工之不同，但的确有着不小的差异。文艺界人士，出名当然不容易，但一旦成名，只要不是欲望无边，其生活状态总是比起一般人来好的多，所以要惜福；尤其是电视里总露面，更要惜名，不要因为愚弄别人也愚弄自己，丑态百出。你跟一个人讲道理，说"比如你遇到一个傻子……"他反问"我为什么要遇到傻子？"你说"我这是打个比方……"他又反问"你为什么不直说？"你说"有时候很多事没法直接说清楚……"他打断你说"那你说不清楚一定心里有问题"……这时，你就不用再说了。

19：20刘墨来信息，说正在东方广场君悦饭店参加中国文化所的岁末嘉会，孙家正、王文章、刘梦溪、范曾等先生参加。想去年元旦我与中国文化所同仁一聚，忽忽又一年去矣。刘墨发来一个手机短信说："我辈只可自己开道场作宗师，否则自取其辱而已。今晚感受尤深。"我回道："人之行为，冷暖自知。台上表演是虚的，台下生活是实的，自己感受快乐才是真的。"刘墨回道："一切不必挂怀，我现在眼前若有人若无人，哈哈，不亦快哉。"

一只青蛙得了世界冠军，它骄傲地说："所有的青蛙，与我生在同一时代，是它们的幸运，因为它们能一睹我的风采，跟着我还的确能学到很多东西，同时，也是它们的不幸，因为它们即便再努力，也永远没有得冠军的可能……"它正说着，没注意一只狗熊吃饱了撒欢，刚好踩过它的一只后腿，废了。

19：50出。20：10到坦博艺苑。20：30陈丹等来，提出猫王家具"钢举木张"的广告词。21：10过蓟门桥。21：40接刘墨于东方广场。22：10到南二环万博园看臧伟强。有近现代名人墨迹、信札、照片等。内有康有为《欧洲十一国游记》之瑞典游记墨迹原稿，是书曾出版于光绪三十一年。墨迹中有章太炎手迹甚精，中有"告及门诸子"等草稿，当存杭州章太炎纪念馆。信札中有甲午（1954年）冬至马一浮奉"林屋山人"诗一首，颇有禅意，句云："眼前黑豆不相知，信手拈来却似诗。要识此中无自性，许君直下到无疑。" 又见有叶圣陶致俞平伯函，谈到对马一浮，中有句云"马一浮居乐山时，曾晤数次，其主持之复性书院在乐山，对江乌尤山。此老谈理学、谈禅，殆极擅场，而又兼名士风流，社会世故。曾以见蒋介石时之细事相告，谓如戴西式铜盆帽往，必当脱帽，而又不愿脱帽，则戴旧式瓜皮帽往"。又有1946年1月16日朱自清致林松函，言及林语堂，云"林语堂先生受人攻击，不在他的文字，而在他的生活态度，他似乎很不了解现实的中国"。又见1956年4月19日张道藩自日本大阪寄到台北给蒋碧微的情书一纸，乃谈在日本访问期间事，中有句云"你也许以为我每天忙乱，不会有时间想念你的，正相反"，"请相信我总是爱你的"。又见陈师曾、齐白石等明信片。又见梁漱溟手迹，线条干练，启功书法有类乎此。又见鲁迅、胡适等签名书。又见孙中山、蒋中正、汪兆铭、于右任、张大千等签名原始照片。大人物是时代的产物，也是普通人，他们的心有时也是很细致的。1：10辞。

信札墨迹，笔画之间，最见作家本性，因其为自然流露之平常态也。藏宝于民与藏宝于国孰胜？很多东西除非亲见，难以说清。书画的鉴定，最高层次在于望气，如诊病然，需要经验与悟性，不到其层次者难以明白。错误的东西，能执行下去，就是正确的。所谓的正确的东西，不见得能执行下去，所以见不到其正确性。当然，当……然……天爵天决，人爵人决。在历史的时间长河里，一切都显得那么渺小，无论当时如何伟大如何风云的人物，最后都只化作照片，被后人任意评论；这些或好或坏的评论，都与他本人当时的生存状况无丝毫关系了。

1：55回黄寺。天有雪意。听妻说方才儿子说梦话还在说"我有……有……有……有"，可见奇怪而有趣的东西容易被记忆，这一点应该被利用于教育，所谓寓教于乐，当是此理。儿子今天在学校棋盘下面都写上了自己的名字，说将来怕小学毕业老师忘了他。画画。2：30休。

要么不收学生，一旦有学生，应该设身处地，看如何相处。讲究，是给讲究的人准备的。你成气候成一方神圣的时候，谁也拉你拿你当神仙，你啥也不是，人再好谁也不理你。暗藏的危险最可怕。要么什么东西也没有，就怕你依靠了靠不住的东西，正如踏上朽木之桥。

12月29日　星期四　晴而不朗

过犹不及，这个道理应该包括谦虚、学问、好事等等正面的因素。"满招损"，学问当然难满，但相对的满也容易招来嫉妒。

10：30出版社开会，新任出版社总编辑查振科到。15：00阅读作家老村为我写的《自默之为，金刚行在》，凡4000字。20：10到棕榈泉看徐嬿婷画，受赠新作油画《莲花倒影》。23：00辞。

跟很多已成事的人打交道，要不松不紧，太松则拖延而废，太紧则唐突而止。所谓"沾包"，就是一接触就增添麻烦。单独的莲花特写、莲花与背景、莲花与它的倒影，这三种不同的形式有不同的内容。很多自然存在的物理现象，比起发生在人类之间的问题，更能引发深入的哲学思考。好朋友之间总是遗憾没有时间见面，其实是把更多的时间给了陌生人，本来意图是在与更多的陌生人的交往中，获取更大的发展的可能性，但事实上，在你达到一定的层次之后，就会发现能真正与你交流并相互促进的人其实是越来越少。于是你不断感到失望，你后悔本来是可以与好朋友好好享受生活的。一口井若清水充足够用，何必再多打几口井呢？多一分拥有，则多一分牵挂，甚至多一分累赘。放弃更多的奢侈的欲望，放弃更多无谓的冒险吧。不睡不梦，不梦怎有噩梦。追求所谓的丰富，那是无极限的，而你只拥有有限的生命，还是回归本体的平常态吧，芥子纳须弥，在简单之中，就有无比丰富的生活。

绘画的色彩，要在丰富中见单纯，孔夫子所谓"绘事后素"，就是强调了素底的本性和优势，那是显示色彩的基础条件。"繁华落尽见真纯"，于艺术、于人生，皆如是。在画面上，多加一笔，未必多出一分可以欣赏的韵味。于生活，多一分事情，未必增一分精彩。艺术与世事难言，辩证法更为难了，越品越妙，亦仅是脑际之感觉而已，言语道出，口舌生累罢了。

12月30日　星期五　晴

9：20根据报批回件审读《周扬传》，内中涉及政治事件与人物颇多，历史就是这么有意思。16：00侯样祥来电说《当年事》要报中宣部审阅，文章全由《南方周末》发表过，所谓"解密档案"内涉毛泽东、刘少奇、胡耀邦、彭德怀、江青、林彪、张志新、邓拓等，以后需当慎重。17：50与王亚民通话。18：35到秦老胡同见杨安，《人民政协报》刘仰东和《人民日报》林治波在。院内枣树有三百多年，风吹红灯笼，天上冬云清晰。21：30回黄寺。画画。

路得自己走，轿子得别人抬。"君子思不出其位"，然则文人激情，匹夫有责，往往成为历史变革之星星之火。

12月31日　星期六　雪

此为今冬第一场像样的雪。

10：40到中宣部图书处。12：45与张晓影通话。15：0办公室谈《当年事》一书，警醒日后更应该规范程序，以免漏洞。20：00看CCTV3的《中国小品总动员》节目，恶俗之至。中央电视台的字幕，"的地得"经常混用，做榜样是很难的，那需要真实的人才来主事。21：00与儿看《十面埋伏》，不似有人评价的那么劣质，而是把普通的真实的生存道理，埋藏在通俗的镜头之中。山到成名品自高，张艺谋是有道理的。一般的文化影评人，是刚脱离低俗接触了高雅，但还没有返回真实的略带庸俗的现实，所以"不上不下"，是不能以平常心来体悟这样级别的作品的。那种看似细腻的爱情，其实也是人的大情的展示，不知者何以知音？22：30开车过长安街天安门，23：00过西单，23：30过什刹海，人多堵车。23：50回黄寺。0：30休息。

不出成绩可以，犯错误不可以。一条皮带带动两个轮子转动，皮带的最佳缠绕方式是什么。节日之时，尤其是过年之际，使人感到家的重要。生活是伟大的导师，他教育你一切。你的经验和才能，来自于你的生活历程。生活告诉你，可以做什么，不可以做什么，他强迫你改变你的性格。在你成功之前，你的所有所谓的个性，都可能成为你前进的障碍，因为周围的很多人不喜欢也不需要你的个性；只有你的成功，才是不用辩解的事实，成功后的你的所有个性，都是你令人羡慕的标志，是你值得夸耀的风格，是别人追逐的目标。

二〇〇六年一月

1月1日 星期日 晴

又是新的一年。时间是世界上最伟大的存在，时间可以战胜任何人。与其让一两个人笑话，不如让天下人笑话；与其让天下人欣赏，不如让一两个人欣赏。让一个人夸，令天下人笑，也不易做到。

16：00到大钟寺爱家收藏市场，到信芳楼自默画廊一看。17：40与刘墨出。18：00到知春路无名居御苑厅，徐寒、雒三桂和政法大学博士窦希铭等已到。徐寒说老师、医师、律师是青年后需要交往的。在坐的政法大学研究生问爱情是什么？刘墨说是一个虚的概念，很切肯綮。21：20与刘墨、雒三桂到万泉河来德艺术中心。三人先玩飞镖，然后在地毯上用巨笔玩现代少字书法，刘墨的"论语"、"千字文"甚佳，三桂的"老子"、"甚"甚佳，我的"雪月"、"崇高"甚佳。23：20辞。23：40回黄寺。儿已眠，与妻看华灯闪烁。

"同志们：你们好。我生在阳光里，长在红旗下，我的每一点成绩都是党和人民教育的结果，我个人的力量是微薄的。今天，我能享受到改革开放的伟大成果，我无比自豪和幸福。今后，我将继续努力，为中国文化、世界文明、人类进步、宇宙和平，贡献我更大的力量。谢谢大家。"——我把我这段新年致辞发短信给朋友们，张铁林回复说"老弟没事吧，要去安定医院我认识人，不用排队"，学周回复说"哥，你怎么了"……

爱情其实就是一个"0"，是一个界值，是结婚前后的不长的一段时间，其前称为友情和性情，其后转化为亲情。"笑话"，什么是笑话？干的不好不是笑话，自己觉的好而别人不认可不是笑话；本来可以干而没有干才是大笑话。陈丹青埋怨考试制度用英语的不合理，殊不知这种方法就不是给艺术类考试准备的，艺术实践类比如画画的怎么能有博士学位呢？不用英语来考试，换用举重等体育项目来选拔人才，又当如何？语言的表面张力研究、语言的社会流体动力研究，这些交叉学科的选题不知道哪个老师的研究生能做？

画难在淡处、白处。无画处本来皆可为妙境，一但不当，反为拙劣，费劲不落好。只要是灵感的东西，就有其鲜活性，有其独立存在的价值。从艺，讲究传承、家法，虽不能成一代宗师，也可延续，毕竟能开宗立派的大师是少数。没有传承而独辟蹊径，获得人之认可，是最大的障碍，因为人的认识是以传统的概念和集体的记忆为基础的。因势利导，里应外合。讲究适度，然"度"宁为不变之标准乎？度亦可调，类于天平之中心。识时务者，即为调度为操纵也。大师不经意的一个细节，是最见其本来面目的，也是最不容易学到的。"欲速则不达"，有时为了找近路而走一条新路，往往失误，不如老老实实地走旧路。为人民服务，是一种什么思想？乃是一种行为而已。要想改变一个产业的状况，需要多方面的力量。提前一步是先进，提前三步就是先烈。人生在世，很多事物都只是理想的、理论的，除非亲历，总是隔膜。有时甚或走曲折、花巨资，乃可明白一字。譬如情字，扑朔迷离，想妄向往之，信仰心痒之，然究竟何物，不经历不足以品味之。

1月4日　星期三　阴

已经四日不曾用安眠药，昨夜茶后兴奋，思绪联翩，用安眠药亦未管用。

19：50到永安宾馆。到1号楼见文怀沙先生，送巧克力给文翁。正吃饭，坐下吃螃蟹一只，与文老喝洋酒一小杯。20：40与文老到2号楼文化沙龙，聊。文老建议我重读傅雷译的《约翰·克里斯朵夫》，会从里面的男女的现实生活中读出渐进的思想层次。读关广富画并文老序跋集中为关氏作的序言。21：55辞。文老送我燕窝，说保重身体。

禅是一种境界，一种难以抵达的状态，所以可作为一种追求的过程，类似一个逼近无穷大的状态。电脑速度慢，故每日用于网络的时间太多。年后或可将网络托付给可信的有能力的人，自己不可再花费大量时间于网络。至于《乙酉日记》，不再标志具体时间，只取有意思的事情作一日一随笔，成《丙戌随笔》。"别还没拉屎，先把狗招来了。"民语如此，甚为生动。你那点遗憾，小把戏，比起大事情来，算什么遗憾？谁学的谁呢？不都是长着两只眼睛么？不经过曲折，能达到目的是不可能的。唯一不变的是变化。我的《批评学》将把真正的艺术精神和科学理法融合在一起，成为文艺理论的终结者。《美学总结》、《新美学概论》、《新艺术哲学》是我很想完成的著作。放狗屁的是人，狗放屁是正常事，放屁狗是彻底的狗。"语法，是用词造句的规律"，中学时语文老师上课时一句或许不经意的话令我印象深刻，或许在我日后思考问题时产生着影响。

不好酒的人要喝好酒。胆大不能妄为，必须有所不为。"圣人无常师"——此理当作何解？可师其有一技之长者，可师不如己者，故三人行必有我师，可转益多师，有多师亦未尝不可。"金风玉露一相逢，便胜却人间无数"——此又是何言语、何道理？高层次的交流，在质不在量也。人总是需要自己需要的。必要性，是必然性的前提。

纯粹与大伪，天真与愚蠢，开放与无耻，其距离几何？

1月5日　星期四　晴

17：30到西院。教儿子做算术题、语文题。思想和教育的方法很重要，我若有时间完成一本《教子日记》，将是一个有意思的事情。

教师应该善于发现学生的问题，然后因材施教。现在的孩子们学习负担重，作业多，其实，很多作业没有意义，思维混乱，莫名其妙，做了不如不做，瞎耽误工夫，起不到应有的学习效果。好的作业题，应该是开启智慧，寓教于乐，一以当十，而不是为作业而作业，增加孩子们的负担。老师的教育，不能只使孩子们知其然，更要让他们知其所以然。显然、虽然、必然、当然、果然、自然、信然……很多事物的存在，显然没有什么道理可讲，虽然你不断地试图反驳或理解它，但你终归弄不清楚其必然性何在；当然，你可以继续努力地思考下去，也许果然你能得到一点启发，但严酷的事实告诉你什么是自然的存在。存在即合理，信然。很多东西是用不上的，等于没用，有之不如无之。有困难自己解决，这样可以锻炼和提高你自己的能力。轻易不要请求朋友的帮助，他不应允你便容易因此疏远你们之间的关系，他若慨然应允，则有时会纵容你，犯下一个你本来可以避免的错误。成全与破坏，帮助与陷害，其因果有时是茫然而后清晰的，但有卖后悔药的地方？"忙中出差错。"不要在仓促之间决定一个你觉得困难的事情，勉强承担，你会因为疲累而改变初衷。

得大一而失小百，不为失也；得小百而失大一，不为得也。大小相对，偏正相对。小路走多了，就是大路，就是正道。有时兼得是两全齐美之事；有时兼备则什么也不是。离与合，确两说。超长，是不正常的一种。

伞遮雨，为其用，伞下火，岂容之？

1月7日　星期六　晴

没毛病是最大的毛病。没有毛病则圆活无碍，则没有把柄，则不能束缚管理之。合情合理又合法。男女之事，单凭感性的发生有时会衍生出罪孽，但直接出自理性反而也是罪孽。科学家的头脑里有不科学的成分。只要是人，就不好办了；只要是鬼，就不必办了。"恭拜求詈"，恭敬地一拜请求骂我一顿吧，多么谦虚。即便是老师，骂人也不是什么道德啊，所以谁愿意骂人呢？何况那又是于别人有利而于己不利之事。老师的态度也不是一律不变的，也可能情绪不好。一骂则跑的学生，不能上进，除非他将来可以开宗立派。但是，毕竟庸才多而大才少。知我者恕我之直，知我者可为我之友；不知我者不知我之意，不知我者何必与之游？

12：50与文怀沙翁吃饭祝寿。文老讲到周扬、舒芜。14：50到饮兰山房，与白志良、徐斗兄聊。18：00到三里屯蕉叶泰国餐厅。呼歌舞者入室相与共欢。

源亦有源，故《辞源》非源。事以密成，而以泄败。当你兴奋地挥笔时，你必须依靠技巧把你的情绪控制住，以便展现一幅干净的画面。所谓"高贵的单纯，静穆的伟大"。高贵搞鬼，景慕静穆。谦虚，于内为修养，于外为美德。中国文化的变易性、融通性，容易造成骗子，中国画亦然。

与女士则握手以示亲，与男士则拱手以示敬。

1月8日　星期日　晴

昨夜梦有女贼盗我书包钱物，追射击之。

10：10入国展中心，参加出版社组织"与红学家面对面"发布会。张庆善与周思源等红学家在，"讨伐"刘心武。出版社社委会成员在。11：00到中国工人出版社展台，与陈幼民、步铁力、吕厚燕见面聊天，老同事甚亲热。遇徐涟、喻静，12：10同出，12：30到鼎泰丰吃包子。16：30到崔如琢宅。18：35到沙河玫瑰园，吃大锅玉米面贴饼子、白菜猪肉、螃蟹。21：40到平西府王府花园。23：40东直门吃云南过桥米线。23：50回黄寺。有星月明于西天。听妻说儿最近在语文考卷上写自己的名字时，竟然用"崔先生"，其玩心之大可见。

讲"学术规范"，但什么是"学术规范"？约定俗成么？但总有第一个缘起者。学术与创作，难以厘清。学术，难道就没有个性的么？学术有大小，我不反对刘心武把自己对《红楼梦》的独到心得叫学术研究，并把对秦可卿的个案研究叫"秦学"。路有设计出来的，路更是人走出来的。无论是谁的学术著作，都不可能深奥得让人听不懂，更不可能把人给吓死。所以，学术的繁荣，乐了造纸厂，苦了大片森林而已。年尾了，我谨代表全国的造纸厂，向作家协会、文联、书协、美协等单位致以诚挚的问候，祝愿你们在来年取得更大的成就。

先有了自己的面目，再进行熟练、完善、提炼、象征、符号化，融入个人的情思与追求，才上升到艺术的风格。现在的孩子，本来可以幸福地生活，但学习令他们累弯了腰，究竟还不仅仅是要面对将来社会竞争的压力，其实更多的是来自于拙劣的教学制度和方法。我们多么需要优秀的教师啊！教育体制的改革，要从提高教师队伍开始，要吸引一流的人才，用优厚的待遇，并提高他们的社会地位。我们当初高考的时候，学习好的学生都不愿意上师范院校，现在的后遗症开始显示出来了。我现在愿意做一位教师，但要实现自己的想法，需要整个社会环境的协调与支持。居高临下、登高而招，也许是好的战略。我说过我愿意从博士生导师与两院院士开始着手，如此才能普及下去。整个教师队伍的提高，是与社会文明的进步相同步的。学习是一生的事情。何必要拥有属于自己的地呢？不种之则长草、浪费，自己种之则自己受累，雇人种之则管理操心。资源是有限的，能维持多久看资源的多寡而定。挖掘完了，就得重新开发，以保证其新鲜性。

文物之真伪断定，向来难能说清楚，因为难以用一定客观之规来衡量，其中人的主观的因素很严重。大凡大件文物，尤其是国家出面的，比如《研山铭》等，既然认定是真迹了，就不必再讨论了，因为即便讨论，也没有更改结论的可能。此理通于其他，历史就是这么传承下来的，也是这么写成的。汪精卫、周作人等人的价值，因为被认定为汉奸，于是没有谁一定要出来为他们"翻案"，也没有太大的社会必要，即便个人因为各种原因来做这样的事情，其费力甚大而见效甚微。画界人士疲于奔走，所以说也不容易，其实演员也一样，政治家也一样，都不如农民自在，但是，谁又愿意作农民呢？理想，以理想之，目标目的可以定的很多。理想，有的可以实现，有的不能实现，有的不必实现。通人亦有病；圣者当何忧。下不了决心的人，是痛苦之人；下决心而不能实行的人，是不能成功的。

不真者不能明白幸福；不善者不能拥有幸福；不美者不能创造幸福。

1月10日　星期二　晴

我们不能改变时间，但能改变使用时间的方法。昨夜梦到演员苗圃，聊天中断，或为翻阅时尚画报见其摄影之故。9：10到办公室。10：00张天漫来办公室。11：00黄学礼来取"艺术财富"刊头，送"百度"国学频道启动及"互联网时代的国学复兴论坛"请柬来。13：30上网。14：00柏松在线，说这次图书展览是一个风向标，传统媒体的盈利正在大幅度滑坡，而网络等新科技形式在上升。能够利用现在的资源，扩大图书品种，未尝不可。14：15黎园来电，婉容的图片等资料是她独家代理，说到婉容衣冠冢事及与乃弟纠纷事。15：20李培强发信息来说"紫光"二字草书可读成"此不小人"，一笑。14：40得一信息说特色词汇：提钱释放、酒精考验、勤捞致富、择油录取、攻官小姐、领导特色。14：50郑标来电说在北京来拍满汉全席厨师，约晚上一坐。17：30到西院。19：00小憩。19：50出。20：00到黄寺。

得过且过，过则过矣，不得为新，新则常新。还记得去年这时候么？一转眼一年就过去了，所以，应该珍惜时光。有衣冠冢之纪念，或成梦往矣，有衣冠禽兽之行，或犹仍在，世间人事，不可尽道也。很多酷爱书画收藏的人，不是行家，怕买假上当，于是舍不得花大价钱买字画，于是多是不值钱的低劣赝品。今天几百，明天几千，长期下来，花在买字画上的钱加起来，也是很大的数字，不如一次花个大数字，买上一件值得收藏的精品。城市里人与人之间的关系很冷漠，彼此见面若不识，彼此害怕、提防、猜忌，因为一旦交心也许会生出疑端杂事。你要为你结的每一个缘负责，没有完全合适的缘分，更没有完全便宜的事情。人者，难免于迷，然不可执迷而不悟。

1月11日　星期三　阴

9：30顺手翻阅新书《皇帝的天命尊颜》，内有"穷凶极恶的暴君们"一节，父子兄弟凶残杀戮，令人发指，其恶胜于禽兽。可见：皇帝淫威权利之盛大，得之不易，守之尤难，无德无能者，不得善始，不得善终。9：40编辑来签丁聪、陈四益《新百喻经》和《周扬传》发稿单。签发稿子需慎重，不知底细之作者作品，尤当注意。10：30美研所王端廷来聊外国美术。11：20过坦博艺苑，将书画资料给白一松待给首都企业家俱乐部会刊。11：35到中国工人出版社，车多难停。有飘雪花意。21：00与牛顿到永安宾馆，见文怀沙先生。文老建议"自默画廊"题名为"黑犬画廊"。黑犬是"默"字，时逢丙戌狗年，大吉大利。

现在的手机彩铃缤纷，体现了这个游戏与小品的时代。收藏更多的意义是文化和艺术方面的，而不是经济方面的，所以心态很重要。应该首先是从收藏中得到文化的熏陶，享受艺术的乐趣，如果在欣赏和鉴藏中不断升值，当然两全其美、何乐不为；但是如果仅仅是为了获利，就有了真正的风险，尤其是借钱或贷款来买藏品，心里忐忑不安，一旦看见价格跌下来，是承受不住的。谋利的心态急，而工作的效率低，是现代"人才"的通病。

耳鸣，别人听不见，自己却听得很清晰，可见，那是一种特殊的"声音"。人对外界刺激的感受，带有个性化和特殊性。"榆林空谷万佛峡，中有冷梅傲雪花。身陷宿因难一见，不妨袖手待鸣沙。"因梦生梦，可了当了。意在言外，心有竟时。

1月12日　星期四　雪

13：50到世纪坛参加百度国学频道发布会，擂鼓开幕，传统民间与现代都市结合，有意思。冯其庸、国学网尹小林等、百度公司李彦宏等在。"千年国学，百度一下"，"有问题百度一下"，国学资料能免费公开使用，对国学普及有相当的意义。14：50离，顺便看"中国当代艺术年鉴展"。15：05到五塔寺真觉苑。18：00到西院，与儿看《哈利波特》，第二遍看已觉得无趣味。好的电影，应该像其他艺术作品一样，能经得住反复的观看和欣赏。临石涛山水、黄宾虹山水。中国山水画已经达到了一个非常的境界和技法高度，我所不能及也。0：00休息。

地有霜雪。窗外雪飘。"谈诗必此诗，定知非诗人。"普遍联系是哲学常识，意在言外是文艺常识；害怕的不是完全无知者，也不是彻底明白的通人，害怕的是"半瓶醋"。文艺作品之出，有如在公共场所拉屎撒尿，当时不出不快，既出，作者不复多顾及之，至于有读者批评说道则为当然，无人搭理亦为当然。故知作者作品，虽是自己之事，然在公开之际，亦当考虑后果与影响。人之不能为所欲为，其束缚不仅仅来自于周围的客观的群体的社会的传统的环境和观念、条件，更来自于自己的身与心。最难战胜的，是你自己。

1月13日　星期五　晴而不朗

昨夜梦与大藏鳌狗对峙，或为黑犬画廊之兆，明年为丙戌狗年。

雪融而天不冷，真暖冬也。

12：50回办公室。把《废除简体字》一文改为《繁体字和简体字应该任其发展》，如此才符合适者生存的自然规律。使用简体字已经是大多数人的事，所以应该少数服从多数。0：25回黄寺。读手提电脑资料。画荷、鸽子、鱼等。2：50休息。

"何为高贵的艺术？何又为东方的艺术？画确是符号。书法、篆刻、雕塑等无不是。心气平和最重要"——李文子西南行参加《新世纪黑白版画研讨会》，陪都文化+革命需要，"终免不了时代科技，曲高和寡"，——艺术的思考，必须接触到实践的和社会的层面上，才有意义和意思；这个过程，首先就是快乐的。又读到姜燕的邮件《谁搬走了我的奶酪》，很有意味，我们在忙乱的工作过程中，会不知觉地疏忽和怠慢了自己的家人，而实际上，家人是最难得的可靠的幸福之源。不要为了虚荣的面子，失去更多。家，才是一块永远搬不走的大奶酪。中国人之不懂幽默与不谦虚、不客气，糟蹋了很多本来很有意思的事情。青云志气；白发顽童。不能给别人犯错误的机会，否则，他会转过来迁怒于你。干扰有时来自于周围客观环境，有时就直接来自于你的内心世界。悔恨与泪水，是最大的代价。时间与感情，是最大的投资。

1月14日　星期六　晴

12：30看CCTV6黑猩猩之血腥吃食同类猕猴，是稳定其社会政治地位的需要，而不是纯粹的食物表现。人类的很多行为表现，也是这样，不完全是生存的必需，于是成为人类社会的负担。14：50到锥把胡同河北驻京办事处参加河北老乡的活动，年轻人居多。15：30到梅地亚中心参加"诗仙太白杯形象歌曲电视展播评奖"活动。17：45到刘新惠宅，吃饺子喝白酒。看凤凰卫视财经频道有收藏栏目，错字甚多，把"宋克"作"宋刻"，南辕北辙矣。欣赏梁山舟先生楷书册页，为八十八岁说书，拙而能巧，轻而能重，笔笔精到，其精力之弥满何可易及？又见王雪涛水墨20米长卷《墨池春满》（引首为溥伒书，后有陈半丁跋），乃雪后醉归为田辛甫所画，信手挥洒，笔笔精妙。田氏与宣道平等皆为河北画坛名手，只惜名气远不及王雪涛。又见支慈厂南村居士的刻善骨精品汇集，在有限的空间内布置物象部件，因地制宜、游刃有余，构图法颇独特，可参入画。民间刻家，在设计阴阳刀法时，要预料到拓片的效果，值得借鉴。其刀法精湛绝伦，不可思议，能微雕临摹《石鼓》及钟鼎、甲骨书法，妙造毫巅，极有书法味，于两枚上翻刻《石鼓》全文，一日四五字，乃历时半载而成，班驳其面貌，依稀如目前。噫嘻，简直叹为观止、莫名其妙，此等神技，世人竟不得而知，倘不出版传播，必淹没无闻了。其中有临汉画像石一枚，其景象是"驴见虎惊诧，一猛士执枪刺虎，虎不敢进"，今砖不多见，扇骨亦不见，事物微茫，与之奈何。又有一枚临郎士宁画马并诗云"雄姿特立开天骨，腾踏万里如神速。可怜不遇九方皋，空使时人指为鹿"，叹马怜人之情跃然。又有用湘妃竹就其斑点刻梅花，真匠心独运之为。此人刀法功力，当大胜黄士陵等篆刻名家，值得出版和专题研究。借用启功先生的诗句，"莫名其妙从前事，聊胜于无现在身"或者"稀里糊涂从前事，莫名其妙现在身"，亦合适。又赏冯公度作《冯氏金文砚谱》，一丝不苟。拍卖市场不是"大卖场"。拍卖必须拍精品，一般书画没有必要进拍卖市场。所有的书画不论好坏都进拍卖市场，是价格颠簸的原因之一。"世上有味之事，包括诗酒、哲学、爱情，往往无用。吟无用之诗，醉无用之酒，钟无用之情，终于成无用之人，却因此活得有滋有味。"是时，妻发来此信息，颇有感发。

天下宝物，有其缘分，颇堪忧愁，不入行家之手珍藏之，将不知何等遭遇。与人交往，要厚道，否则不如不交往。"你跟我性格一样，都不怎么好"，多好的托词啊。近来心浮气躁，应该稳重才是，不能像有些人似的。

23：15回黄寺。欲以扇骨法作画，不得其意。2：30休息。

遇事着急上火生气，见面再道歉，岂不愚蠢？

1月15日　星期日　晴

15：55高发来街送票，找不着地方而去。16：20到月福洗车。17：20到北京饭店，参加电视协会年会。停车不便。人多，没意思，17：50辞。19：55到圣陶沙喝茶。崔志强、陈丹等在。陈丹获本年度设计界十大人物，准备领奖辞。23：15散场。23：30回黄寺，画画。1：30休息。

不要替人做主，否则出问题遭埋怨，即便你好心，遇到痴顽之人，哭笑不得，叫苦不迭。态度太谦虚或者太狂妄，用词太讲究或者太朴实，都不如意，应该便于记忆，平中见奇。我的理论，向来讲究要朴实、要到位、要有真见的，但是一旦如此，很多人会不以为然，以为没有学问，不服气，所以我以后还得表现一些别人弄不懂的玩意甚至假学问。有蒙人的人在，是因为有人喜欢让人蒙。"燕雀安知鸿鹄之志哉？我一向以为这样太不谦虚，我还是要谦虚。"

1月16日　星期一　阴

11：20到蜀南人家，参加社年终老同志团拜会，院领导和社委会都在。

我曾经不也是"北漂"么？漂到今天，需要感谢很多的机缘，更应该感激自己。现摘果子现浇水，是惟利是图、急功近利，不可行。寻求安逸，但不可懒惰。寻求机缘，也需要付出劳动。不要在无关紧要的事情上浪费太多的精力。问自己比别人有没有成绩，就问自己比别人敬业不敬业，辛苦不辛苦。画画。作跌坐达摩两纸，分别题曰"般若无边"、"诸法空相"，又作立身达摩两纸，题曰"何时酬归计"，乃借用八大山人诗句，下半句为"飘然一苇航"。又以八大山人法作花卉两纸，荷花两纸。1：30休息。

1月17日　星期二　阴

晨起收拾近来画作，日有进步，甚慰余怀。

10：00到办公室。整理周汝昌、文怀沙二先生录音资料。16：40读邮件。16：50上雅昌博客，有人读了我的日记，说"这是什么？日记么？有意义么？"乃答之曰："太阳底下有新鲜事么？人的一生有意义么？你觉得有意义时，就有了意义，反之则反之。人能干自己快乐的事情，就是有意义的。有意义和有意思，是两回事。能坚持做一件事，即便是没有意义的事，能坚持下去，就是可贵的。人总是在想着或等待着要做有意义的事，也正是在这个过程中，荒废掉属于自己的有限的光阴。"这样说也许还是没有意义，也正是"言不尽意"之一端。18：00到西院。19：40《焦点访谈》说的是辽阳广佑寺元代的普贤菩萨铜像被盗事，余尝在寺庙尚建设中前往考察，忽忽两年前事矣。20：30与妻儿回黄寺。到邻居马牛顿宅喝茶聊对联，说中国古代哲学。用英文交流，不太容易。23：15回家，画画。1：00休息。

说到春节回家，觉得现在的"家"在人们心里简直就是一个新的图腾。家，是港湾，是奔波之人的安乐窝，这个时代使人疏远了家，简单而牢靠的家竟然难得，所以说"家是新的图腾"也不为过，甚而颇剀切。又说狗能给人带来富贵，明年就是狗年。我是"一黑白犬"——"自默"，我是中国文化和传统笔墨的一条狗。再好的东西，一经过，就不需要了。"你别总是夸我。""你别介意，其实我夸的还很不够。""你也提提缺点。""你的唯一的一个缺点就是没有缺点。"偶翻阅《读者》，有载徐渭的画，其一《柳荫读书图》，有题诗曰"无书不可读，能读又无书。何事劳心目，终年饷壁鱼"；其二《秋郊策蹇图》，有题诗曰"人世风波险，驱驰徒自贤。何如甘养拙，与物共闲闲"。

　　西方哲学是停留在语言层面上的肤浅的复杂，中国优秀的哲学是基于复杂的思辩而结论出的适于生存的简单的道理。庄子与惠施"子非鱼安知鱼之乐""子非我，安知我不知鱼之乐"的辩论对外国哲学家而言也极有趣。儒、释、道三家，对待人生的态度和方法有差别，但殊途同归，都是在有选择和不得已之间选择。中西文化有差异，但一些俗语说的道理是一样的，比如"眼不见，心不烦"，由此可知浅层次的视觉"眼"对深层次的心之"意"的影响。过河不用桥，是因为：人不想用桥，或者河太浅、太窄，或者乘船、骑马可用，或者桥根本不能用。淮南子告诫说"林中不卖薪"，是设身处地地考虑到与人交往时你要想到别人需要什么、你能给人家什么，否则没有意义。幽默是简单的背离常识，或者简单的逻辑混乱，如果因果过程太复杂、情节演化太婉转，就成逻辑推理而不是幽默了。"幽默过度"——就是费解、无理、莫名其妙。很多人是"幽默过度"的，可气之人与可笑之人，在此聚集。一切都将随着时间的过去而不复存在。

1月18日　星期三　晴

绕路而行是休闲者的专利，背负着沉重的包袱，你还敢走弯路么？画的不好而出了名、得了利，就不怕人笑话；画得好而没出名、没得利，连被人笑话的机会都没有，只有自己笑话自己。重要的是自己认识自己、认可自己，认识到自己的命运、认可到自己的价值，至于别人即便再大范围的再大力度的褒贬，没有什么意义。

9：50李培强在线，说女博士没有漂亮的，造化安排的很公平，还问我认识不认识漂亮的，我问那又有什么用。他说应该向我学习，要冷静现实，一切从实际出发，我说即便这样还总是浪费时间呢。11：00上雅昌博客，读到徐唯辛1987年创作的毕业作品《馕房》。也许有人会觉得"老"，但是我很欣赏这样的画风，与维米尔、米勒等大师有异曲同工之处。中西文化和艺术，在此相通，没有更多的距离；高明的艺术，往往是关注人的平常和日用状态的。艺术只有好和坏之分，没有新和旧之别。11：15喻静来喝咖啡。当年有人称呼胡适为大哥大胡（即胡博士，"大哥大"即"Doctor"），喻静也戏称我"大哥大崔"。14：30陈丹来电，他被评选为"2005中国设计业十大杰出青年评选"的第一名，可喜可贺。15：00文怀沙先生自西安来电，说如果21号他不能回来参加他孙子的书法展，就请我代为出席讲话。陶侃有曾孙陶渊明，可见遗传基因的重要性。文怀沙孙子，8岁写的书法即大气、自然、脱俗。

当遇到事情心态纷杂紊乱时，你不妨感叹"不知多少年过去了"——如是几次，一切复归于平静。不知多少年过去了，真正让人深刻记忆的人和事又有多少呢？又不知多少年过去了，一切都成为云烟。又不知多少年过去了，我们都是宇宙间的匆匆过客。素食主义与厌食思想，是两回事。美学，即媚俗之学。只有俗人才不媚俗，所谓雅人都媚俗。媚俗，是民主；媚俗能被讽刺，也是民主。有的双关语，我们知道它有背后的意思，但却不知道其真实的所在。就像鲁迅先生说过的，能看到有些人的愤怒，但看不出其愤怒的原因。

板桥居士郑燮有联曰"曾三颜四；禹寸陶分"，是1749年57岁时在潍县知县任上时所作，以劝导修身向善。"曾三"是指孔子的弟子曾参所说的"吾日三省吾身：为人谋而不忠乎？与朋友交而不信乎？传不习乎？"（《论语·学而》）"颜四"是指颜渊向孔子请教怎样做才能称得上仁，孔子说要做到"非礼勿视、非礼勿听、非礼勿言、非礼勿动"（《论语·颜渊》）。"禹寸"指的是大禹王治水时三过家门而不入，珍惜每一寸光阴。"陶分"指的是东晋陶侃，终生精勤吏职，珍惜每一分光阴。"禹寸陶分"典故已深入人心。

我可以按照你的方式来"挣钱"，只是成果我俩得对半分：你的一半钱用来治疗你脑子的毛病，因为你竟然能想出这样的方法；我的一半钱用来治疗我脑子的毛病，我竟然能同意你的想法。

我不比别人聪明，只是愿意"用心"而已。伟人，就是有主见，敢于"冒天下之大不韪"，敢于违背一般人意愿的人。

人届中年时，在需要老师、医师、律师之外，还应该有厨师、巫师，厨师管饮食、巫师择居地。不容易——就是不容你改变，你改变不得，表示很难。好人压抑自己、脾气好，所以容易造挫折，加之胸襟狭窄、整天生气，所以往往没好命。要能包容人，这一点小人有时就能做到，他不认真，是游戏心理。

0：45回黄寺。画达摩三纸。2：00休息。

1月19日　星期四　晴而不朗

9：00到院多功能厅开院领导年终总结会。翻阅拍卖册，作鸟兽速写。11：10会结束，回办公室。整理资料。12：30敦煌牛玉生来，已临摹敦煌壁画23年。17：40离办公室。17：45文怀沙先生来电，说明日将自西安回，有人"离骚"我们的感情，要当众证实给人看我们的关系很好。18：50到齐鲁饭店慈海素心吃素餐，牛玉生谈云居寺壁画事。20：40毕，取《戒淫修福保命》书一册。

"手把青苗插满田，低头便见水中天。六根清净方为道，退步原来是向前"，布袋和尚的插秧诗，便是解决遇到暂时挫折时的处理方法。性格有毛病的人，不在这里遇到问题，就在那里遇到问题，今天没有问题，迟早会有问题，因为只要他与人交往，其行为便有毛病出现。离间计，是三十六计里面很阴毒的一招，是无中生有这一高明之道的庸俗用法；因其实际无，而脑子里有，有无相生，不好验证。行路如下棋，需要有战略眼光，眼前步骤虽似不妥，然结果却是正确的。

想非非想，见反反见。因梦生梦，不成便成。当了则了，可行即行。

遇到高明的言语，便有会心，自己脑子里也有想法，但是不见得自己说出口，更不见得能变化成纸上的文字；语言和文字的表达，需要技巧和本事。无绝对之正确，其意思即相当于：无绝对之不正确。急忙之时，勿走生疏之路。做人和用人，几乎是事业的全部。识人之难，在于人皆有面具，不似想象之完美。信己之难，在于己心之性质本来常变，不能恒持。不自信者无以成事，太自信者往往坏事。成熟的人，不轻易承诺；因为"一诺千金"，因为"君子一言既出，驷马难追"，这些，都是代价。

为昨夜画补色。画荷鹤、鸽荷。1：20休息。

1月20日　星期五　阴

性者，心与生也。于色诱于淫乐，须"识得破，忍得过"始见悟性。

情欲之妙，推拒之间，得手之际，便成憎厌。法国人拉罗什夫科说过"爱就其结果来判断更接近于厌憎而不是友谊"，"幸福的后面是灾祸，灾祸的后面是幸福"，"那些不能容忍别人错误的人，往往更经常犯错误"。不谦虚，也许是自信于的天分和勤奋。有能力与有志气，是两回事。如意与不如意是相对的，所以说"人生不如意者十八九"。

12：40到喻静办公室，见到我作总特约编辑的河北教育出版社出版的《王朝闻集》（22卷）中的《审美谈》一卷，正准备编入《中国艺术科学大系》，我发现里面的很多文字内容又更改过了（字迹不是朝闻老自己的，那样可能不容易辨认），贴上了很多的"风筝"。反复地体会、修改，"不到顶点"，是王朝闻美学文章的一个特色。15：00上雅昌博客读到李文子的"四分之三画廊之十五个问答"，其以张扬女性主义为发端，拓展艺术生存之精神，独特而有意思，甚好。15：20读对我日记的意见，可见Marsman也看了雅昌博客，他说"这个喧嚣、浮华、虚假的世界，缺少的正是日记中所闪烁的真知、真言、真思、真情。与其在博客中胡说八道，不如在日记中反思精进。日记，是一个私有的思想平台，而《乙酉日记》则是传统日记与现代博客的完美结合。"我说"谢谢Marsman，我的朋友，其实我的日记只是想为一年来的行踪准备梳理的资料准备，见多见少，惑多惑少，各随其便，正如人之所行路径，各取不同，只因其目的地不同而已。"

年轻时随意褒贬、指点别人，是想表现自己的才能。现在我似乎比以前谦虚了很多，不会再随便批评人，原因一来害怕损自己的口德，二来担心人家不高兴。一旦要求让我"批评"，那我就要钱，损了口德也算扯平了。不能相提并论与可以相提并论，是层次递进的。

1月21日　星期六　晴而不朗

挑拨离间的毒箭往往来自于周围近距离接触的人。小人聪明，有编造故事的本事。爱自己的孩子是人，爱别人的孩子是佛。有些人的行为，特别令人费解。先有鸡还是先有蛋，这个问题是假问题，就宛如一个儿子见了一个爸爸，他们该怎么称呼——那先要问问儿子与爸爸是什么关系，要具体。

16：45到永安宾馆文化沙龙。陈招弟在。文老说男女之间的欢爱往往以气味为基础，闻着彼此的气味对路就情投意合，否则就分道扬镳了。聊天、看画、打电话、照相、去厕所、作笔记、录音、喝水，与老先生在一起时要有所得，需要综合利用时间，所以节奏总是很快。17：40《收藏界》杂志高玉涛来。18：20与文老一家到净心莲吃素餐。"人人都有清净纯真的佛性，只因烦恼无名遮蔽了"，卫生间此语很剀切。19：40结束。20：00与文老到坦博艺苑小坐，赠普洱茶。21：35陈丹到。我提议开个"黑犬服装"，由设计大师陈丹为高级会员专门设计订制，天下独此一件。1：25到东直门内吃云南过桥米线。

文老讲到"黄老伯"黄炎培，见面时黄先生总是称他"怀沙先生"，他以为那是黄先生以谦虚之法来拒人千里的方法，但慢慢体会到那是真的谦虚，因为在听他说话总是很认真，高兴时则拍巴掌。黄老对他说："是你的谈话启发了我。我不羡慕你读了那么多书，但我羡慕你的见识。"见识、学识、知识，此三识可区分读书人的层次。祖国用motherland而不是fatherland，可见母亲的重要位置。"彼君子兮，不素餐兮"，《诗经》此言可作无知者之讽刺。文化像素餐一样，也是一个具体的形式。

1月22日　星期日　晴

　　11：00吴占良自保定来京，在蒙斋林鹏先生宅约见。12：00到兰堡公寓。吃麻糖，吃饺子。林鹏先生是真读书的学人，思考问题有辩证力，书法有傅山神韵，又能操刀篆刻，为同辈学者书家中之佼佼者。当年林先生要去文化局，征求巴金的意见，得到的回答是"文化局没文化"。林先生说历史是"蠕动"的，无所谓理想、方向、信念，很多运动就是瞎胡闹。占良谈到我与他参加过的"石鲁作品研讨会"，后来史树青先生看到了有关消息，来电话说"没关系，石鲁哪会画画呀，他是个疯子"。八大山人的笔墨，通过熟练可以达到，但他的境界，是与他的人生阅历和独特感悟联系在一起的，非他本人莫办。

　　无所谓必然与偶然，因为"必然"与"偶然"的概念就很难明确。没有绝对的必然与偶然，或者说必然即偶然，偶然即必然。"为到日损"的损，就是简化的过程，其中可行的方法之一，就是证伪，就是排除错误。证伪，是在"为学日益"——分析——的基础上的综合。经过了"日益"和"日损"这两个过程，认识才能达到第二次飞跃。道，永远是正确的，因为"道"就是"易"，就是变化。"存在即合理"，是麻痹人用的。思想的伟大，在于把存在的不合理的所在，改变为合理的东西。都合理了，还要你说它干什么？立德、立身、立言，"立言"看似很其次、很简单，但很严重、很有危险性。以恶治恶比以善治恶更有效，不管怎样，都是"治"。

有人写东西说了很多真话——当然，天下没有完全说真话的人。

1月23日　星期一　阴

15：40到人民美术出版社见程大利先生。17：10到三联书店，门前为"崔府夹道"，当宜我住。17：30与何首巫在华侨大厦集合，到育群胡同静思素食吃饭。与何聊个人的发展道路和关系。19：35到西院见柴岩柏，看陈半丁款花鸟画。20：10到朱培尔宅，看其在日本花笺纸上作书法。家庭影院看《野战排》，作战场面特见特效果。23：10回黄寺。作荷花四纸。1：00休。兴来起床，复作风荷、雨荷二纸。2：00休息。

对于读书，有闲而没钱，或者有钱而没闲，都是同样的痛苦。进书店既怕见到好书，又怕没有好书。"道德是提升自我的明灯，而不是呵斥别人的鞭子。""太阳光大，父母恩大，君子量大，小人气大。"——餐桌上此言真堪参酌玩味。不把自己当人，能把别人当人么？不把艺术当艺术，而是把艺术当生命，则他人何可及之？《论语》最后一段说"君子知命"，但是做到"人贵有自知之明"不容易，通俗一点说就是"要知道自己吃几碗饭"。不管读我《乙酉日记》的人觉得好还是不好，总是要感谢，只是担心太费人家的时间。我的这种干法明年一定就换了，时间太具体也觉得累。换作《丙戌随笔》，或许好些。

人的出息与否，正如幸福的概念，也是一种主观的感觉，没有绝对的客观的标准来认定。自己努力自己收获，瓜豆自得，同时收获的感觉也是自己的心境和修养决定的，别人如何评说没用。所谓"如人饮水，冷暖自知"，别人的眼光，不能代替你自己的心态。我不见得有出息，但我快乐，这就是出息。有人对我与大师名人们的合影有异议，说是俗，我很赞同，但同时我还认为这是我寻求进步、好学的表现。我的真实的想法和经历是：我是在羡慕名和利的过程与氛围中进步的，也只有你主动亲近名和利，名和利才会反身亲近你；那些号称不羡慕名和利的人，我见的实在太多了，那是虚伪的表现，也是无能为力的表白，而且，说不羡慕名和利的人，比俗人还俗，他们什么事也做不成。各人的道路，都是自己的脚走的。

"追星"，就是有好奇心、有欲望、羡慕名利，下决心与他们看齐，是有上进心，再努力付诸行动，就有成功的可能。兴趣、欲望、机遇、挫折、能力、成功等等都是命运的组成部分。很多东西存在于时间过程里，时间就是生命，所以很多东西是命中注定的。切点愈多，切入的机会才愈大，大家的交流如此。挣钱与花钱，孰乐？挣钱的目的是于花钱。索取与奉献，孰乐？索取是无能，奉献是本事。

老鼠能跟大象比么？论个头当然不能，但论钻洞，大象能跟老鼠比么？要承认没有什么可称作大事，还要承认大事与小事是相对的。中国是市场型经济，美国是科技型经济。没有纯艺术，没有纯市场。得到你帮助并不多的人，也许将来帮助你最大；得到你恩惠最大的人，也许将来离你远去。人总是瞎忙乎一些对于他来说眼前有用的事情。

"比画家有文化，比学者会画画"，这样的好事如果换个角度说就是："不如学者有文化，不如画家会画画"。

1月26日　星期四　晴

12：50回办公室。得西安美院魏杰兄寄来双鹿瓦当拓片一纸，每年一纸，其情殷殷。13：20出发与李春阳去妇女活动中心参加"第四届全国优秀妇女读物颁奖及座谈会"，顾秀莲、于友先等出席。本社罗银胜著《杨绛传》入选。17：25回西院。与儿子看《哈里波特》（第三部）。眼睛疲累，小憩。窗外已有爆竹声声。23：45回黄寺。画荷花，尝试以新意新法出之。尝试作淡月荷花游鱼图，当是"流水今日，明月前身"之意。以意境夺人，此路可以走下去。

我写文章，应该力求对读者有用处，而着笔点，必须是实际的生活感悟，还必须从中透射出文化和艺术的含量。成功的人，是真的按照正确的道路实际走下去的人。很多东西不属于我们自己，我们能善于使用就足够了。我只愿意知道我愿意知道的。我对很多事情不感兴趣，所以就不知道很多事情。好的策划的实现，关键是执行力。细节很重要，有时决定成败；但是光靠巷战是不能取胜的，好的战略思想是最后胜利的关键。成本低而成功，才是精明；不能成功，都是不精明。不要怕参与的人多，水大才能托得住大船，但水永远漫不过船。船长和舵手很重要，把握着前进的方向和行动的章法。花鸟画传统之路，以为齐白石等人走到颠峰，而纯现代之路又不易为人认可。没有难度的画是我所不认可的，怎样表现难度是一个课题。画艺不画技，按技是基础，否则无以表现思想、意境。必须利用文化的深意和艺术的思想，来激活题材和画法。

1月27日　星期五　晴

读《埃舍尔魔镜》一书。荷兰画家埃舍尔，用版画的手法，利用平面构成学，依靠几何数学，设计和创作出属于自己的画理、画路，而且有相当的视觉审美力和心理感受力，的确非凡，可以借鉴。

别以为自己最重要，少了你就不行，累倒了你时就会发现其实地球少了谁都照转，按照你的意图行事也未必就最好。

15：00回办公室。院内很安静，基本都回家了。16：45到坦博艺苑。

过河拆桥，有人就是这种小人。他很聪明，他欺骗了你，让你为他付出很多。你是善良的人，即便他伤害了你，你也不会反过来伤害他。当初，是他敏锐地发现了你的可利用价值，于是抓紧机会向你靠拢，向你发起攻势，炫耀他的成就，而你则一时为他的甜言蜜语所打动，开始下决心要为他做点贡献。在他利用你之前和正在利用你的过程中，他会摇头摆尾，低三下四，表现出一幅很体面的形象。然而，一旦把你利用完了，他便开始疏远你；这时你得反过来追着他跟他继续交朋友，否则你的所有付出一定会付之东流。耐心而从容地等待了很久之后，你意识到让他来主动开口回报你已不大可能，于是你开口提醒他，这时，他会矢口否认他承诺的一切，转身不认账；如果你追着要他履行他的承诺，他会立即翻脸，挂掉电话。你很生气，但你还不能就此到处骂他；也许还没等到你这么做，他已经开始了骂你，他的大范围的恩将仇报，也许比你的小范围的朋友圈子里的唠叨更有杀伤力。如果以后有人提到他的名字，你最好不要骂他如何如何，因为那样还是在继续替他宣传；何况有很多人会觉得你们之间必定有很多故事说不清楚，不见得会相信你那么愚蠢，会无偿地为他做出那么多事情来。此时，你可以按住心头之火，微笑或者苦笑地摇摇头，以示不屑一谈；要么就干脆说不认识他，那也许才是对他的最大的蔑视和反击。不过，你还是找机会奉劝你周围的好朋友，要认清他的本性，不要让更多的朋友来上当。当然，你以前为他的奉献和为他脸上贴的金，都势必成为他炫耀的资本；他还会得便宜卖乖，说你是他的"粉丝"，当初是你慕名而来，求着他为他服务的。你担心他会利用他现有的"掠获"作诱饵，继续垂钓其他善良人；他不断扩大的战果将是他蒙骗更多人的条件，他是机会主义者，你无可奈何。于是，你得长记性、长经验，在要替人办事之前，就"先小人后君子"，跟人要讲好条件，把你的想法说清楚，如果他说你俗，你就认了。做俗人又怎样，总比做出很多后悔事来要好得多。

完了，才完美；没完，就不完美。"君子相知，贵在温不增华，寒不改弃，贯四时而不衰，历艰险而益固。心善胸宽田地鉴，意在心中万事圆。"妻发此短信，祝我新年存善心、交善友、结善缘，可谓警策。

0∶10回黄寺，画画。得"流水今日，明月前身"等数纸，甚惬。3∶30休息。

1月28日　星期六　阴

今天是大年三十。

8∶30起，收拾画作。10∶25过大熊猫环岛，702路公交车使速甚快。年底的爆竹声让人兴奋，同时也是慌失。10∶40到办公室，整理资料。MSN上所有朋友都是脱机，惟我在线。明日就是除夕。我又几乎嗅到了在老家过年时那种特殊的年味和。11：20黄宏先生来电拜年，说到范曾先生。11：30与柴岩柏通话，已回老家过年。11：40准备上网。院内宽带已休停。12：05谭燕来取字"福延善集"。12：30欲小憩，废午餐。信息不断，电话拜年。李文子说写了《贫嘴崔自默》一文。贫嘴当自默，嘴贫是无言。邵盈午兄发信息来其自作春联："天鸡乍去，曾惊一唱呈新面；黄耳重来，更喜常摇好日光。"

是日为乙酉岁尾。《乙酉日记》封笔之日。妻发信息有句云："一座旧桥，半孔残砖，但见马嘶车欢，辇过去日影履痕。往来匆匆，晨昏交错，物不移客常新，总让人依稀忘魂。热闹声中，惟君自知，今朝梦还当往来处寻。"是年，很多朋友通过阅读我的日记来揣摩我的行踪，很有意思。此可作风动心动幡动之一例。

想到明天开始就不再作《乙酉日记》这样的日记，已经习惯了，可能会有若有所失之感。在整整一年的时间里，走到哪里记到哪里，把准确的时间和人物记录下来，我坚持了一年，我想也许是一件很独特的事情。此间，颇耗心神，亦受其苦，但也的确从中获益良多，除了积累了大量的素材，更因为可以养就一个随机思考的习惯，便会像水滴石穿一样，把很多不能一蹴而就的问题反复咀嚼以至于清楚。

很多朋友喜欢读我的日记，说能从中得到启发，这也许是它的一点价值所在。可是我想，做这种实况式的或者说"行为艺术"式的日记，自己终归费力太多，还没有什么太大的用场，假如把作它的时间用以做很多更有意义更有价值的事情，比如写学术著作、论文，比如给朋友打电话交流感情，比如写字临帖、作速写，比如闭目养神等等，大概也许会会更好。信息种类很多，很多人发信息来，只是怕你忘记了他，而不是要关心你。更有些人发信息不留姓名，简直是"活雷锋"。高山面前，仰止可矣，何必比肩。难得；得难。

不作朋友之间的"掮客"，因为既然是交易就一定不能完全公平，难免不忠不义之名。

15：00摄影家武普敫来送爆竹，说初二要去山东拍摄天鹅。野外摄影很苦。老武有时在雪地里一站就是一天，也不吃饭，他说那相对于平常的工作来说是休息。因为喜爱，所以不感到疲累，也才能出成就，这对从事艺术的人来说都一样。15：50离办公室。

别总把自己当成最好的，别总把自己与最差的比。有有根据而不正确的；有无根据而正确的。事物都有个性，而能逾越共性的个性几乎不存在。谈个性有时没有意义，而讲共性比讲个性更为重要，因为共性是规律的所在。别太积极地替人指路，否则他没成功，会埋怨你。戏是演给观众看的。人与人之间的感情亦然，只有不需要演时，才是真实的。理想是远水，近渴是懈怠，要用远水来解近渴。近距离产生的，不仅不是美感，而且会是摩擦。

16：10到东院理发。18：00到西院，18：25全家去西直门招待所吃饭，妹妹和周克斌自上海来，杨超和父母在。19：50餐毕。20：00回西院，放炮，回楼上看春节联欢晚会，赵本山的小品把我乐的够呛。23：50楼下继续放爆竹。憋了十来年的城里人，今日一解禁，到处爆竹声声，宛如身置硝烟弥漫的战场。"身体健康，精神快乐"，改作"精神健康，身体快乐"，有别趣。

往事如烟。一年又过去了。丙戌年开始了。新春大吉祥。

本色文丛

　　本色文丛是我社策划的系列图书，持续组稿编辑出版。丛书力图给喜欢品味散文随笔、全民阅读与图书文化、名人日记与学术札记、海外文化的人士，提供良书与逸品。

本色文丛·图书文化

《书香，也醉人》	朱永新著	29.00元
《纸老，书未黄》	徐　雁著	29.00元
《近楼，书更香》	彭国梁著	29.00元
《书香，少年时》	孙卫卫著	29.00元
《阅读，与经典同行》	王余光著	29.00元
《域外，好书谭》	郭英剑著	29.00元
《谈笑有鸿儒》	刘申宁著	29.00元
《斯文在兹》	吴　晞著	32.00元

《淘书·品书》	侯　军著	32.00元
《西风·瘦马》	沈东子著	32.00元
《书人·书事》	姚峥华著	28.00元
《文学赏心录》	杨　义著	30.00元
《文学哲思录》	杨　义著	30.00元
《闲人，书生活》	胡野秋著	即将出版

本色文丛·散文随笔（柳鸣九主编）

《往事新编》	许渊冲著	29.00元
《信步闲庭》	叶廷芳著	29.00元
《岁月几缕丝》	刘再复著	29.00元
《子在川上》	柳鸣九著	29.00元
《榆斋弦音》	张　玲著	29.00元
《飞光暗度》	高　莽著	29.00元
《奇异的音乐》	屠　岸著	29.00元
《长河流月去无声》	蓝英年著	29.00元
《青灯有味忆儿时》	王春瑜著	28.00元